中国古典诗词品汇

李煜诗词品汇

吴晨骅　陈水云　撰

长江出版传媒
崇文书局

图书在版编目（CIP）数据

李煜诗词品汇 / 吴晨骅，陈水云撰 . -- 武汉：崇
文书局，2024.9. --（古典诗词品汇丛书）. -- ISBN
978-7-5403-7769-4

Ⅰ. I222.743.2

中国国家版本馆 CIP 数据核字第 2024FZ6718 号

出 品 人　韩　敏
责任编辑　周　阳
封面设计　甘淑媛
责任校对　董　颖
责任印制　李佳超

李煜诗词品汇

LIYU SHI CI PIN HUI

出版发行　长江出版传媒｜崇文书局

地　　址　武汉市雄楚大街 268 号 C 座 11 层

电　　话　(027)87677133　邮政编码　430070

印　　刷　湖北新华印务有限公司

开　　本　880 mm×1230 mm　1/32

印　　张　4.75

字　　数　113 千

版　　次　2024 年 9 月第 1 版

印　　次　2024 年 9 月第 1 次印刷

定　　价　29.80 元

（如发现印装质量问题，影响阅读，由本社负责调换）

前　言

　　李煜（937—978），初名从嘉，字重光，号钟隐、莲峰居士等，祖籍彭城（今属江苏徐州）。他是五代十国时期南唐中主李璟的第六子，原本回避政治纷争，但在长兄李弘冀暴卒后，由于他的五位兄长均已离世，李煜成为太子，于宋太祖建隆二年（961）继位，世称李后主。在李煜继位以前，南唐就已经在与后周的军事斗争中失利，丧失了长江以北的大片土地，国势大不如前。李煜在位时，奉宋朝正朔，后又去唐号，自降为江南国主，恭敬从事。但在赵匡胤"江南亦何罪，但天下一家，卧榻之侧岂容他人鼾睡"（岳珂《桯史》）的理由下，宋太祖开宝八年（975），南唐为宋所灭。李煜被俘至汴京，封违命侯，过着"此中日夕，只以眼泪洗面"（王铚《默记》）的生活。至宋太宗太平兴国三年（978），终被毒死。对于李煜的生平，《旧五代史》《新五代史》《宋史》均有传，另外马令、陆游两种《南唐书》亦有详细的传记，近人夏承焘有《唐宋词人年谱·南唐二主年谱》。

　　李煜一生的政治功业虽然十分惨淡，但是艺术水准却很高。他工诗文，善书画，识音律，尤以词的创作成就最为杰出。

　　李煜词的题材内容，以南唐亡国为界限，有着比较明显的前后分期。在亡国之前，其词多流连诗酒、听歌赏舞、幽情密意之作。"寻春须是先春早。看花莫待花枝老。缥色玉柔擎。醅浮盏面清。　何妨频笑粲。禁苑春归晚。同醉与闲平。诗随羯鼓成。"（《子夜歌》）他作为养尊处优又富于文人才情的君王，喜欢在优游的生活中探春寻芳，追求及时行乐的享受、诗酒年华的快意。"晚妆初了明肌雪。春殿嫔娥鱼贯列。笙箫吹断水云间，重按霓裳歌遍彻。"（《玉楼春》）在苟安的富贵中，李煜常常恣意沉醉于笙歌宴舞，并且无所顾忌地书写着这种侈丽精美的帝王生活。也难怪前人经常一面感叹他的曼妙词笔，一面又批评他如此奢侈铺张焉能不亡国。"花明月黯笼轻雾，今宵好向郎边去。"（《菩萨蛮》）李煜不少词的写作背景都被认为与大、小周后关系匪浅。虽然有时候仅凭作品其实难以确指其中的人物，但叙男女之幽情，描摹女子情态，表现对女子的赏怜爱慕，的确也是李煜前期词中较为多见的内容。后蜀广政三年（940），赵崇祚编成现存最早的文人词总集《花间集》，就已经为词体烙上了偏重艳情的印记。李煜的这部分写男女之情的作品，可以说是部分承续了词这一文体的艳情传统。

在亡国之后，李煜词的情感主旨变化很大，多怀思故国、借酒浇愁之作。在受到严格看管的秋风庭院里，李煜承受着"终日谁来"（《浪淘沙》）的孤寂凄凉，体会着"流水落花春去也"（《浪淘沙令》）的无可奈何，产生了"往事已成空，还如一梦中"（《子夜歌》）的幻梦感。挥之不去的亡国之恨，使他除了到醉乡去麻痹自己，就只有用词笔宣泄着"恰似一江春水向东流"（《虞美人》）的绵绵愁绪。这种刻骨铭心的痛苦、他人罕有的人生体验，与他的才情词艺相结合，造就了他成就最高的一批作品。

尽管从题材内容上来看，李煜词的前后变化很大；但从艺术表现上来看，李煜词其实有着许多一以贯之的特征。首先，是善于白描。李煜的词作鲜见生僻的字眼与典故，总是能用寻常之语造就动人的词境。如其"刬袜步香阶，手提金缕鞋"（《菩萨蛮》），寥寥几笔，写女子偷偷与人幽会，全凭细节的直接刻画来传神。其次，是感情真挚。王国维在《人间词话》里就着重强调了李煜词的感情之真："词人者，不失其赤子之心者也。故生于深宫之中，长于妇人之手，是后主为人君所短处，亦即为词人所长处。"他还说："主观之诗人，不必多阅世。阅世愈浅，则性情愈真，李后主是也。"李煜后期词仿佛血书般的真挚倾诉固不必说，即使是他的前期词，也多直抒胸臆，不虚伪作态。其词写行乐，至于"红日已高三丈透"（《浣溪沙》），写欢会，至于"奴为出来难，教郎恣意怜"（《菩萨蛮》），皆一任真情，未曾因计较自己的帝王身份而遮掩虚饰。最后，还有章法的精妙。如李煜很有名的两首《虞美人》，历来评家都十分重视其中的今昔对比与故国之思，但却不太注意词中还有许多前后照应之处，于章法上有回环之妙。像在《虞美人》（春花秋月何时了）中，春花、东风、春水、秋月、月明等暗示时间的意象一一映带不断，逝者如斯，时间不停，而时间有多少、往事有多少，由一去不回的往事所带来的愁绪就有多少。这种细腻的章法，对词情的表达其实大有作用。因为李煜词的章法安排常为其近乎白描的语言和真挚的情感所掩盖，使读者于深受感染之时已往往不留意其"技"。虽然俞平伯、詹安泰、唐圭璋等前辈也有一些提示，但总的来说，对于这一点前人的探讨相对较少。故本书有意在每篇的评析中适量勾勒李煜词的章法结构，以便读者领略其意脉勾连、结构谨严之处，并体会词法与词境塑造的相关性。

李煜虽然主要以词名家，但他的诗其实也有不俗的造诣，乃至宋太祖听了其诗后称他是"好一个翰林学士"（叶梦得《石林燕语》），只可惜流传下来的作品较少。《全唐诗》仅存李煜诗18首，均为近体诗；另有少量残句。《全唐诗续拾》将1首原题李璟之作移置于李煜名下，另补残句5条。就现存作品来看，李煜自诉愁病与悼怀妻、子的诗作比重较大，亦有怀人念远与感伤亡国之作。保存完整的作品感情都比较深挚，残句中的巧构之思则显得稍多。

以下对本书的体例与参考资料来源做一些说明。

词的部分。曾昭岷等编撰《全唐五代词》（中华书局1999年版）共收李煜词40首，本书以之为底本，悉数采入，有较大争议的存目词则一律不收。同时，也参考了王仲闻《南唐二主词校订》（中华书局2007年版）、詹安泰《李璟李煜词校注》（上海古籍出版社2015年版）酌情处理个别字句。

词作的顺序则不遵《全唐五代词》，而是大致依照创作时间的先后重新排序，以便使读者更好地感受李煜词创作的前后分期与词风转变。顺序主要参考詹安泰《李璟李煜词校注》、夏承焘《唐宋词人年谱·南唐二主年谱》（上海古籍出版社1979年版），但也根据词意和其他资料做了一定的调整。

因为词体在诞生时深受音乐的影响，有着不同于一般诗歌的格律特点，其内部节奏、句式、韵位因调而异。为了更好地反映这种带着音乐遗痕的格律特质，词作部分的标点符号，参照《全唐五代词》《全宋词》的方式，根据词的格律来标点，而不依赖词句的意思。词中叶韵处用句号，句用逗号，读用顿号。

诗的部分。以《全唐诗》（上海古籍出版社1986年影印版）为底本，其中的18首诗全部采入，但未收《全唐诗续拾》中的作品。

李煜存诗甚少，且多数难以确定具体的创作时间，故均按体式排列，依次为五绝、七绝、五律、七律。

引用的评论资料，除了上面已提到的，主要还参考了王兆鹏主编《唐宋词汇评·唐五代卷》（浙江教育出版社2004年版）、杨敏如编著《南唐二主词新释辑评》（中国书店 2003 年版）、张玖青编著《李煜全集》（崇文书局 2015 年版）、刘孝严注译《南唐二主词诗文集译注》（吉林文史出版社 1997 年版）、蒋方编选《李璟李煜集》（凤凰出版社 2014 年版）、王晓枫解评《李煜集》（山西古籍出版社 2004 年版）、陈贻焮主编《增订注释全唐诗》（文化艺术出版社 2001 年版）。正史据中华书局点校本二十四史，马令、陆游两种《南唐书》则据四部丛刊续编影印本。全书在编写过程中参考吸收了大量前贤的研究成果，在此并致谢忱！

本书虽为选集，但除了少量李煜诗残篇和可信度不高的存疑篇目未收外，已经近乎李煜诗词全集，可以让读者比较完整地领略李煜的诗词艺术。至于评析部分，力求折中众家，汇而能断。但由于学力所限，书中错漏疏失之处定然难免，恳请读者不吝赐正！

吴晨骅

目　录

词

浣溪沙（红日已高三丈透） ……………………………3

一斛珠（晓妆初过） …………………………………5

玉楼春（晚妆初了明肌雪） …………………………8

子夜歌（寻春须是先春早） …………………………11

菩萨蛮（花明月黯笼轻雾） …………………………13

菩萨蛮（蓬莱院闭天台女） …………………………17

菩萨蛮（铜簧韵脆锵寒竹） …………………………19

喜迁莺（晓月坠） ……………………………………21

采桑子（庭前春逐红英尽） …………………………23

长相思（云一緺） ……………………………………25

渔父（浪花有意千重雪） ……………………………27

渔父（一棹春风一叶舟） ……………………………29

捣练子令（深院静） …………………………………31

谢新恩（金窗力困起还慵） …………………………33

谢新恩（秦楼不见吹箫女） …………………………34

谢新恩（樱花落尽阶前月） …………………………36

谢新恩（庭空客散人归后） …………………………37

谢新恩（樱花落尽春将困） …………………………38

谢新恩（冉冉秋光留不住） …………………………38

阮郎归（东风吹水日衔山） ································ 39

清平乐（别来春半） ································ 42

采桑子（辘轳金井梧桐晚） ································ 45

临江仙（樱桃落尽春归去） ································ 47

虞美人（风回小院庭芜绿） ································ 51

乌夜啼（昨夜风兼雨） ································ 54

破阵子（四十年来家国） ································ 57

望江梅（闲梦远，南国正芳春） ································ 61

望江梅（闲梦远，南国正清秋） ································ 63

望江南（多少恨） ································ 64

望江南（多少泪） ································ 65

乌夜啼（林花谢了春红） ································ 66

子夜歌（人生愁恨何能免） ································ 69

浪淘沙（往事只堪哀） ································ 71

虞美人（春花秋月何时了） ································ 74

浪淘沙令（帘外雨潺潺） ································ 78

乌夜啼（无言独上西楼） ································ 81

蝶恋花（遥夜亭皋闲信步） ································ 84

捣练子（云鬓乱） ································ 86

失调名 ································ 90

失调名 ································ 90

诗

五绝 ································ 93

梅花（其二） ································ 93

书灵筵手巾 ································ 94

　书琵琶背 ●●●●●●●●●●●●●●●●●●●●●●●●●●●●● 96

七绝 ●●●●●●●●●●●●●●●●●●●●●●●●●●●●●●●●●●● 99

　感怀（其一） ●●●●●●●●●●●●●●●●●●●●●●●●● 99

　感怀（其二） ●●●●●●●●●●●●●●●●●●●●●●●● 100

　赐宫人庆奴 ●●●●●●●●●●●●●●●●●●●●●●●●● 103

　题《金楼子》后（并序） ●●●●●●●●●●●●● 105

五律 ●●●●●●●●●●●●●●●●●●●●●●●●●●●●●●●●●●● 109

　挽辞（其一） ●●●●●●●●●●●●●●●●●●●●●●●● 109

　挽辞（其二） ●●●●●●●●●●●●●●●●●●●●●●●● 110

　悼诗 ●●●●●●●●●●●●●●●●●●●●●●●●●●●●●●●● 113

　梅花（其一） ●●●●●●●●●●●●●●●●●●●●●●●● 116

　病中感怀 ●●●●●●●●●●●●●●●●●●●●●●●●●●● 117

七律 ●●●●●●●●●●●●●●●●●●●●●●●●●●●●●●●●●● 120

　九月十日偶书 ●●●●●●●●●●●●●●●●●●●●●●● 120

　秋莺 ●●●●●●●●●●●●●●●●●●●●●●●●●●●●●●●● 123

　病起题山舍壁 ●●●●●●●●●●●●●●●●●●●●●● 127

　送邓王二十弟从益牧宣城 ●●●●●●●●●● 129

　渡中江望石城泣下 ●●●●●●●●●●●●●●●●● 132

　病中书事 ●●●●●●●●●●●●●●●●●●●●●●●●●●● 135

词

以《全唐五代词》为底本，收李煜词40首，按时间编排。其词承晚唐花间派传统，语言明快，情感真挚，蕴藉深沉，在晚唐五代词中别树一帜，史称词帝。

浣溪沙

红日已高三丈透。金炉次第添香兽^①。红锦地衣随步皱^②。　　佳人舞点金钗溜。酒恶时拈花蕊嗅^③。别殿遥闻箫鼓奏。

【注释】

　　① 香兽：制作成兽形的香料。

　　② 地衣：地毯。

　　③ 酒恶：时人方言称醉酒为"酒恶"。

【评析】

　　本词是李煜早年帝王富贵奢华生活的写照。全词以佳人之舞为描写的主体内容，上阕描述舞蹈的环境，下阕方写出舞人舞态。开篇"红日已高"，点出时间是白天。虽然此刻是白天，但紧接着作者却借"次第添香兽"引领读者既回顾了昨夜又展望了明朝。因为添香就表明旧香已要燃尽，旧香燃尽说明昨夜必定是整晚歌舞不休；新香又添，说明今朝明日，依然长乐未央。作者并不直接写出昨夜的笙歌，却能够使读者感到昨夜余音似乎犹自绕梁；并不直接写明日，却能够让读者体会"尽日君王看不足"的恣意。在这连日的笙歌不休中，镜头给了因舞步而褶皱的红锦地毯。上阕始终是时间与环境的铺垫，至于下阕，才终于看到舞蹈的主角"佳人"登场。"金钗溜"承"地衣皱"而来，都暗示了佳人舞步的节奏很快，这才会导致钗滑毯皱。醉酒拈花，也许是醋态，也许是嗅花解酒，都显出酒酣舞美令人沉醉的酣畅淋漓。至于末句，唐圭璋《唐宋词简释》称"映带别殿箫鼓，写足处处繁华景象"。此词也大可将前五句视为一部分，是纵向深入写一殿一佳人之尽态极妍；而第六句忽然横向宕开一笔，则众殿众佳人处处歌舞不休可知矣。

此词固然是写富贵生活无疑，但前人对此却也大有不同看法。宋魏庆之《诗人玉屑》引《摭遗》："欧阳文忠曰：'诗原乎心者也，富贵愁怨，见乎所处。江南李氏巨富，有诗曰："帝日已高三丈透……"'"欧阳修认为诗词是个人生活状态与情趣的反映，即以此词作为李煜生活富贵的证据，并将其与晚唐诗人杜荀鹤的诗句"时挑野菜和根煮，旋斫生柴带叶烧"进行对比，来见出贫富悬殊。

但是也有人觉得李煜的富贵还是差点意思。宋陈善《扪虱新话》："帝王文章自有一般富贵气象。……予观李氏据江南，全盛时宫中诗曰'帝日已高三丈透……'议者谓与'时挑野菜和根煮，旋斫生柴带叶烧'者异矣。然此尽是寻常说富贵语，非万乘天子体。予盖闻太祖一日与朝臣议论不合，叹曰：'安得桑维翰者与之谋事乎！'左右曰：'纵维翰在，陛下亦不能用。盖维翰爱钱。'太祖曰：'措大家眼孔小，赐与十万贯，则塞破屋子矣。'以此言之，不知彼所谓'金炉香兽''红锦地衣'当费得钱几万贯？此语得无是措大家眼孔乎？"他认为李煜此词虽然也写出富贵，但不过是一般人显摆，这才会把"金炉香兽""红锦地衣"时时挂在嘴边，反而没有帝王傲睨天下不介意钱财的气概。陈善是宋朝人，未免有些抬高开国皇帝赵匡胤而贬低亡国之主李煜的心思。

更有人虽然认可李煜确是富贵，但却认为这并不值得称道。清末探花俞陛云《唐五代两宋词选释》："《扪虱新话》云：'帝王文章，自有一般富贵气象。'此语诚然。但时至日高三丈，而金炉始添兽炭，宫人趋走，始踏皱地衣，其倦勤晏起可知。恣舞而至金钗溜地，中酒而至嗅花为解，其酣嬉如是而犹未满足，箫鼓尚闻于别殿。作者自写其得意，如穆天子之为乐未央，适示人以荒宴无度，宁止杨升庵讥其恃富贵耶？但论其词，固极豪华妍丽之致。"俞陛云亲历清朝的覆亡，多少带着一种王朝兴衰的批判眼光，因此他认为李煜此词虽然"极豪华妍丽之致"，却不是一个本当励精图治的帝王所该有的作为，恰恰告诉别人的是"荒宴无度"。

对于同一首词作，在对词作内容理解相差不大的情况下，后人的褒贬却大不一样。究其实质，还是后人的立场不一样。如果是带着一种史学家的眼光考量帝王李煜，就无法回避李煜生活情趣的丰富与其政治作为的欠缺之间的矛盾，叹息与贬损往往由此而生。如果只是以文学读者的眼光阅读诗人李煜，那么李煜在词中对他的富足生活酣畅淋漓的表达，不正显出作为一个诗人的真情流露与不虚伪不掩饰吗？

一斛珠

晓妆初过。沉檀轻注些儿个①。向人微露丁香颗②。一曲清歌，暂引樱桃破③。　　罗袖裹残殷色可④。杯深旋被香醪浣⑤。绣床斜凭娇无那⑥。烂嚼红茸，笑向檀郎唾⑦。

【注释】

①沉檀：一种绛色的化妆颜料。些儿个：少许，一点。

②丁香颗：用丁香比喻女子的舌头。

③樱桃：比喻女子娇小红润的口唇。

④裹（yì）：通"浥"，沾湿。可：轻易之辞，引申为小事、不在意。

⑤旋：立刻，随即。香醪：美酒。浣（wò）：弄脏。

⑥娇无那：谓娇娆之极令人无可如何。

⑦檀郎：西晋潘岳是美男子，小名檀奴。故古代女子称自己所爱的男子为檀郎。

【评析】

本词是李煜早年享受歌舞升平时的作品。全词主要描写了一位宫中美人的情态，特别是着重写了美人之口。上阕的起笔"晓妆初过"看似平淡，却点出一个"妆"字，引出下文对女子妆容的描绘。于是第二句就写到这位女子轻轻妆饰了沉檀的绛唇，然后又由口唇而连带写到美人口中微露丁香般的舌头。美人何以露舌呢？是由于开喉清歌，唇吻翕张。而用樱桃来打比方，聚焦点又回到口唇的红色。下阕便接着唇色说开去。衣袖沾损了部分唇妆，但殷红之色犹可，可见这位美人的天姿和朱唇，并不依赖于沉檀，衬出其人的本色之美。接着美人深杯饮酒，唇染酒痕，于是几句最后便都是在写酒醉后的娇憨之态。美人醉后轻软，斜倚绣床，肆意撒娇，以至于任性嚼烂红茸，吐向心爱的男子，这一刻画极为细腻。在这中间，带着酒晕的面容不写而出，令读者可以自然想见面红唇红的相互映衬。而红茸之色又衬檀口，檀口唾向檀郎，全词可谓字字关联，笔笔艳冶，佳人丽态，一"口"道出。

前人大都极力称赞此词写男女情态的精细艳丽。明末潘游龙《古今诗余醉》称此词："描画精细，绝是一篇上好小题文字。"清李佳《左庵词话》说："李后主词'烂嚼红绒，笑向檀郎唾'，李易安词'倚门回首，却把青梅嗅'，汪肇麟词'待他重与画眉时，细数郎轻薄'，皆酷肖小儿女情态。"龙榆生《南唐二主词叙论》评此词："温馨艳丽，荡人心魄。"唐圭璋在《李后主评传》中也认为："这首词写人的妆饰，写人的服色，写人的狂醉，写人的娇态，并写得妖冶之至。"在《唐宋词简释》里又说："通首自佳人之颜色服饰，以及声音笑貌，无不描画精细，如见如闻。"

李煜写情如此艳冶动人，而重情，恰恰是明代特别是中晚明士人非常突出的心态之一。明朝文人尤为喜欢写情的词，像"后七子"领袖王世贞就说："故词须宛转绵丽，浅至儇俏，挟春月烟花于闺幨内奏之，一语之艳，令人魂绝，一字之工，令人色飞，乃为贵耳。至于慷慨磊落，纵横豪爽，抑亦其次，不作可耳。作则宁为大雅罪人，勿儒冠而胡服也。"（《艺苑卮言》）在这样的风气下，晚明人甚至因为这首《一斛珠》为李煜的人生遭际打抱不平起来。如沈际飞说："描画精细，似一篇小题绝好文字。后主、炀帝辈，除却天子不为，使之作文士荡子，前无古，后无今。"（《草堂诗余别集》）又如徐士俊云："天何不使后主现文士身，而必予以天子？位不配才，殊为恨恨。"（转引自卓人月《古今词统》）他们觉得让李煜当皇帝是上天没有分配好工作，要是让李煜去当个纯粹的风流文人，一定会杰出到前无古人后无来者。这跟清末的陈廷焯虽然欣赏此词"画所不到，风流秀曼"，却还是嫌其"失人君之度"（《云韶集》），就很不一样。

在多数人都认为此词善于写情时，却也有人不以为然。明末清初的李渔在其《窥词管见》中说："李后主《一斛珠》之结句云：'绣床斜倚娇无那。烂嚼红绒，笑向檀郎唾。'此词亦为人所竞赏。予曰，此娼妇倚门腔，梨园献丑态也。嚼红绒以唾郎，与倚市门而大嚼，唾枣核瓜子以调路人者，其间不能以寸。优人演剧，每作此状，以发笑端，是深知其丑，而故意为之者也。不料填词之家，竟以此事谤美人，而后之读词者，又止重情趣，不问妍媸，复相传为韵事，谬乎？不谬乎？无论情节难堪，即就字句之浅者论之，'烂嚼''打人'诸腔口，几于俗杀，岂雅人词内所宜。"在李渔的词学观念里，词介于诗与曲之间，应该要比一般的曲文高雅，是不能写得太过俗气去讨好读者的。他认为李煜此词中倚床唾郎的描写，就有娼妓倚门之嫌，近似戏曲中一些故意调笑、取媚观众的丑态,这样的描写过于粗俗,有失词体的雅致风度。

此词自是写情的佳作。李渔恐怕低估了真情的魅力,当情真意切时,读者会被感染和打动,而不会去过分地计较细末的雅俗。如果是平日里就随意倚门卖笑唾向他人,当然失之庸俗;但醉酒后卸下矜持情绪流露,对象又是所爱的檀郎,读者便不会嫌其轻薄。就像电影《泰坦尼克号》中,有一段女主角要求男主人公教她吐口水的经典情节,此时银幕前的亿万观众更多的是感受到了女主人公摆脱上流社会的虚伪做作,敞开心扉流露真情与天性,因为这种真情之美,观众并不会厌恶这一所谓的失态。词学亦如是,文学亦如是。清末民初的批评家况周颐就说了:"真字是词骨。情真、景真,所作为佳,且易脱稿。"(《蕙风词话》)

玉楼春

晚妆初了明肌雪。春殿嫔娥鱼贯列。笙箫吹断水云间[①],重按霓裳歌遍彻[②]。　　临春谁更飘香屑[③]。醉拍阑干情味切[④]。归时休放烛花红,待踏马蹄清夜月。

【注释】

① 断:尽。

② 霓裳:《霓裳羽衣曲》的简称。彻:乐曲终了称为"彻"。

③ 香屑:花瓣。一说为当时特制的香料。

④ 切:深。

【评析】

　　本词仍是李煜早年享受歌舞升平时的作品。词中提到的《霓裳》，是一套盛唐时代就已经存在，后来又与李煜颇有因缘的乐舞。宋代的王灼在《碧鸡漫志》中对这支乐曲的来龙去脉有详细的考订，他认为该曲的雏形《婆罗门曲》，在唐开元年间（713—741）从西域传入中原，然后由酷爱音乐的唐玄宗加以润色，改名为《霓裳羽衣曲》。《霓裳羽衣曲》有乐、有舞、有歌，是一套多段落的大型综合性乐舞。它在唐朝人的诗文中，是屡屡被提到的艺术名作。白居易、元稹、鲍溶、李肱等唐代诗人都有专门以此曲为对象的诗作，其中尤以白居易的长诗《霓裳羽衣歌》记述详细。在中晚唐文人的眼中，华美的《霓裳羽衣曲》是大唐盛世的象征，白居易在《长恨歌》中就以"渔阳鼙鼓动地来，惊破《霓裳羽衣曲》"来代指安史之乱的爆发击碎了盛唐的幻梦。随着晚唐五代的干戈扰攘和社会动荡，这套皇家乐舞渐渐失传。但是非常幸运的是，它的一部分残谱被喜爱音乐艺术的南唐后主李煜和他的第一位皇后周娥皇（后世又称之为大周后）得到。据陆游《南唐书》记载："后主昭惠国后周氏，小名娥皇，司徒宗之女，十九岁来归。通书史，善歌舞，尤工琵琶。……故唐盛时，《霓裳羽衣》最为大曲，乱离之后，绝不复传。后得残谱，以琵琶奏之，于是开元、天宝之遗音，复传于世。"周娥皇精通音乐舞蹈，凭借自己的艺术才华重新补全了《霓裳羽衣曲》，于是这曲盛世遗音，再次传世。

　　本词的上阕就侧重描写歌舞的情景。晚妆过后，肌肤如雪的宫中女子鱼贯而出，列队于春殿之内。笙箫伴奏，吹尽一段段旋律，繁丽的《霓裳羽衣曲》也完整地演出了。在上阕极写歌舞的盛况后，下阕转而写听歌看舞的主人公。春风之中，不知何处飘来香花的碎屑。主人公酒酣酣畅，更兼沉醉于这歌舞春情之中，醉拍栏杆，也许是应和

9

着乐曲节拍的怡然自得。词至于此，可谓繁盛已极，欢乐已极，但主人公却犹未止歇。歌舞终了，本该归去就寝了，但就算是在归路上，他还要求熄灭灯烛火把，潇洒地踏马月下，继续清玩赏月。这种欢乐至极，又加递进一层的笔法，真使全词的情境称得上是"长乐未央"了。

昔人对于此词，每每一面慨叹此词所描绘的繁华奢侈，却又一面批评李煜实在是奢侈得太过分了。明代杨慎就说："何等富丽侈纵。观此，那得不失江山。"（《评点草堂诗余》）清代陈廷焯也说："风雅疏狂，失人君之度矣。"（《云韶集》）这仍然是由李煜的词人与帝王双重身份所造成的矛盾评价。他把这种富丽奢华写得极为精彩，可谓是杰出的词人；但奢侈却又不是古人心目中的好君王所应有的作为，所以就被认为这样哪能不丢掉江山社稷呢。

有人在此词中看到"富丽"的奢侈，有人却在此词中看到了"清超"的韵致。明王世贞说："'归时休放烛花红，待踏马蹄清夜月。'致语也。"（《弇州山人词评》）近代俞陛云也提到："'清夜月'结句极清超之致。"（《唐五代两宋词选释》）他们都因着眼于全词的最后两句，而赞赏李煜踏马月下的雅意。这得益于这两句词拥有着浓厚的文人情趣，激起了后世文人的共鸣。熄灭饱含世俗意味、带着红尘物欲的烛火，转而一任天趣地赏玩纯净自然的月色，这正是文人化的享乐生活——不强调物质的奢靡，而更看重精神的超越。如果说全词的前六句写的是一个帝王李煜的快乐，最后两句则写出了一个文人李煜的快乐。宋代名士秦观的《望海潮》词云："西园夜饮鸣笳，有华灯碍月，飞盖妨花。"厌弃华灯，亲近月色，正与李煜词有异曲同工之妙。

还有些人对词中末两句别有些言之凿凿的解释。明蒋一葵《尧山堂外纪》载："李后主宫中未尝点烛，每至夜则悬大宝珠，光照一室如日中。尝赋《玉楼春》宫词曰……"清徐釚在其《词苑丛谈》里引述此说后，还补上一个例子："王阮亭《南唐宫词》云：'花下投签漏滴壶，秦淮宫殿浸虚无。从兹明月无颜色，御阁新悬照夜珠。'极能道其遗事。"李煜只说要去掉烛火来赏月，蒋一葵、徐釚二人没有太在意月色，却偏偏就不使用烛火一事大做文章。他们竟然以此词为证据，生造出了一段李煜在皇宫中使用夜明珠的传说，让末两句词也染上珠光宝气，就好像非要接续上词中前六句的奢靡不可一样。

此词固然有大量对奢侈生活的描写，但末两句实现了一种转折和突破，是把"雅"与"丽"糅合起来的妙笔，也正是李煜这样一个文人皇帝的写照。而像蒋一葵那样穿凿附会的解释，既破坏了词意的升华，更未免把李煜看得太庸俗了吧。

子夜歌

寻春须是先春早。看花莫待花枝老。缥色玉柔擎①。醁浮盏面清②。　何妨频笑粲③。禁苑春归晚。同醉与闲平④。诗随羯鼓成。

【注释】

①缥色：青白色，浅青色；这里代指缥色的酒器。玉柔：洁白如玉而又柔软的女子的手。

②醁：原本特指未经过滤的酒，这里就指酒。盏：酒杯。

③粲：露齿而笑。

④闲平：也作"闲评"，随意评论。

【评析】

本词是李煜早年在南唐宫中诗酒流连的作品。《子夜歌》是词调《菩萨蛮》的别名之一，这两种调名李煜都使用过。

词的开头两句"寻春须是先春早，看花莫待花枝老"，写得很直白，点明了寻春要趁早，看花要趁好，使人很容易就想到唐诗中的一首名篇："劝君莫惜金缕衣，劝君惜取少年时。有花堪折直须折，莫待无花空折枝。"这种相似的及时行乐之意，正是整首词的题旨。

接下来是几组既独立，又紧扣"行乐"主题的情境描写。第一组是美人捧着酒杯的情形。纤纤玉手托举着青白色的酒杯，酒色也是清亮澄澈。美人如花，固不用多说；而对酒后面颊微生红晕的样子，古人常用"春色"作比，像孔尚任的《桃花扇》中就写到"看他粉面发红像是腼腆，赏他一柄桃花宫扇遮掩春色"。所以这两句，正是紧承着开篇的"寻春""看花"写下来。作者在这一组意象中颇为重视明快色彩的营造，内容虽然只是"美人美酒"的俗套，却使人有清雅自在、赏心悦目之感。

第二组情境是粲然欢笑，宫中的花园也春色常在。这下阕的开头，虽然不好说一定就是用典，却实在是与杜牧的《九日齐山登高》有神理相通之处。小杜诗云："江涵秋影雁初飞，与客携壶上翠微。尘世难逢开口笑，菊花须插满头归。但将酩酊酬佳节，不用登临恨落晖。古往今来只如此，牛山何必独沾衣。"杜牧的诗就是在讲与客人一同饮酒，欢笑难得，要及时赏花痛饮，不要留下悲伤和遗憾。李煜词有些既化用其意，又偏偏反过来说的味道。杜牧说"尘世难逢开口笑"，李煜却偏说"何妨频笑粲"。他有美人，有美酒，有春色，快意满足，自然与秋日之中带着秋士悲感基调的杜牧不同，自然不妨频频欢笑了。而在这令一室生春的欢笑中，御花园的春色仿佛也因着这份快乐而长久地驻留了。这一组情境，正是对"花枝未老""春色正好"的叙写，仍然紧紧扣着起句。

接下来词已到结尾，最后一组乘兴赋诗的情境是对这样美好时光的定格与凝固。李煜是帝王，更是一位文人墨客，有如此赏心乐事，文人怎么能没有诗篇呢？所以，主人公带着快然自足的醉意，在对春光的随意品评中，写就了动人的诗篇。时光本是流动的，但文字却可以说是人类用来尝试打败时间的一种力量。通过文字，通过诗歌，把这一切美好都记录下来，于是这春色也就在这恰到好处的时间永恒地留驻了。"诗随羯鼓成"，正是为了暗示这种"恰到好处"。唐代的南卓在《羯鼓录》曾经记载过一个颇有传奇色彩的小故事："（唐玄宗）尝遇二月初，诘旦，巾栉方毕。时宿雨始晴，景色明丽，小殿内亭，柳杏将吐。睹而叹曰：'对此景物，岂可不与他判断之乎？'左右相目，将命备酒，独高力士遣取羯鼓。上旋命之，临轩纵击一曲，曲名《春光好》，神思自得。及顾柳杏，皆已发拆。指而笑谓嫔嫱内官曰：'此一事，不唤我作天公可乎？'皆呼万岁。"（转引自《太平广记》）唐玄宗在雨过天晴、春意盎然的时候，用羯鼓尽情演奏了一曲《春光好》，竟然促使柳树杏树吐叶开花。玄宗的故事是花随羯鼓开，而李煜则是诗随羯鼓成。因为羯鼓奏罢正是花开时分，是春意最热烈、生命力最饱满的时节，所以这里的诗篇既是随着鼓点的兴致而成，更是随着花开的春意而成，而最好的春意又反过来被定格在这传世的诗篇中了。

菩萨蛮

花明月黯笼轻雾。今宵好向郎边去。刬袜步香阶^①。手提金缕鞋。　　画堂南畔见。一向偎人颤^②。奴为出来难。教郎恣意怜^③。

【注释】

① 刬袜：只穿着袜子着地。

② 一向：有时也写作"一晌""一饷"，一会儿。

③ 恣意：尽情，纵情。

【评析】

　　本词描写了一位女子偷偷与男子幽会的情景。上阕是写女子在夜色掩护下出行。首句"花明月黯笼轻雾"设景极妙，在轻雾笼罩、月色黯淡之时，花朵本来应当是并不分明的，但作者却偏偏在如此幽昧的背景之中添了一抹娇花的亮色。这种笔法实得古诗之遗泽。远在先秦时代，作为中国古典诗歌源头之一的《诗经》，其艺术手法有"赋""比""兴"之说，其中的"兴"又被称为"起兴"，南宋朱熹解释为："兴者，先言他物以引起所咏之辞也。"（《诗集传》）也就是首先讲别的事物，引起读者的联想，由此转到真正要歌咏的事物或表达的主题上来。此词首句就颇有"起兴"的味道，这朵明花兴许是自然界的花，更暗示着在这朦胧夜色之中闪动的美人。有此暗示，第二句就顺势让主人公出场，点破了这位"向郎边去"，私会情郎的女子。而今宵为什么"好"，又好在上句铺垫的"月黯笼轻雾"，夜色隐秘，正可掩人耳目偷偷去赴会。选择这样的夜晚，已经可见女子的小心翼翼，而为了进一步减小动静，她甚至手提金缕鞋，仅仅穿着袜子行走。这愈见其谨慎，同时也可见其紧张。下阕是写女子终于与情郎相会的场景。在画堂南边相见后，女子战栗地依偎在情郎怀中，这个细节凸显了女子既紧张又激动的情绪。词的末尾，"出来难"三字，可以说是对上文六句的一个总结。正是有了对"出来难"的层层铺垫，最后倾吐要情郎尽意爱怜的希望也就合情合理了。

此词从字面上只能看出是在写男女幽会，并没有说究竟是何人。但从宋代起，该词通常就被认为是李煜自叙他与小周后的私情。李煜的继室周后，是李煜的第一位皇后周娥皇的妹妹，所以世称"小周后"。小周后是在周娥皇病重时就入宫的，而周娥皇一开始却不知情，等到突然看到她妹妹，便查问起来。年纪尚轻的小周后不知嫌疑，如实回答已经入宫好几天了。周娥皇听了非常生气，在病榻之上转身不再看妹妹。等周娥皇去世，小周后实际上就常常在宫中了，只是碍于没有完全成年，所以过了几年才举行典礼，正式被立为皇后。此事被宋代马令详细地记载在《南唐书》中，并且还特意举例："后主乐府词有'刬袜步香阶，手提金缕鞋'之类，多传于外。至纳后，乃成礼而已。"马令把这首《菩萨蛮》当作小周后与李煜私会的证据。宋蔡居厚《诗史》亦载此事，还补充了旁证："徐铉有《纳后夕侍宴诗》：'时平物茂岁功成，重翟排云到玉京。四海未知春色至，今宵先入九重城。'"徐铉是南唐的重臣，对于本国君王之事本不便明说，但此诗以"春色"代指小周后。在旁人"未知"的情况下，春色"今宵先入"宫中，都隐隐约约在暗讽小周后在被正式册立之前，早与李煜有幽会了。

这种观点得到了后世大多数文人、学者的认同。清张德瀛说："后有妹，姿容绝丽，以姻戚往来宫中，得幸于唐主。唐主制小令艳词，颇传于外。后卒，竟册立之，被宠逾于故后。词即《菩萨蛮》'花明月暗'一阕。"（《词徵》）近代刘永济说："此非泛写闺情之词，乃后主记与小周后幽会之事。"（《唐五代两宋词简析》）唐圭璋说："此首写小周后事。"（《唐宋词简释》）龙榆生说："其为小周后而作《菩萨蛮》。"（《南唐二主词叙论》）

清代更有好事文士马思赞（号衍斋），请画师周兼专门画了一幅《小周后提鞋图》，引来大量文人题咏。清吴衡照《莲子居词话》记录了不少："许嵩庐（昂霄）诗云：'弱骨丰肌别样姿。双鬟初绾发齐眉。画堂南畔惊相见，正是盈盈十五时。''多少情惊眼色传。今宵刬袜向郎边。莫愁月黑帘栊暗，自有明珠彻夜悬。''正位还当开宝初。玉环旧恨问何如。任教寨幔工相妒，博得鳏夫一纸书。''一首新词出禁中。争传纤指挂双弓。不然谁晓深宫事，尽取春情付画工。'张寒坪（宗楠）诗云：'教得君王恣意怜。香阶微步发垂肩。保仪玉貌流珠慧，输尔承恩最少年。''别恨瑶光付玉环。诔词酸楚自称鳏。岂知刬袜提鞋句，早唱新声《菩萨蛮》。''花明月暗是良媒。谁遣深宫侍疾来。惊问可怜人返卧，心知未解避嫌猜。'"上述诗作，几乎都是在李煜这首《菩萨蛮》的基础上略加裁截点染而成。从这些连篇累牍的题咏可以看出，后世文人通常都把此词所记述的内容，当作一件虽然称不上高雅，但却富于传奇色彩的风流艳事来看待。

艳，正是许多词家认为词体该有的本色，民国胡云翼就概括为"词为艳科"（《宋词研究》）。所以，李煜这首记述风流艳事的作品，就被词人认为是当行本色的创作。明末清初孙琮说："'感郎不羞报，回身向郎抱'，六朝乐府便有此等艳情，莫诃词人轻薄。按牛峤词'须作一生拚，尽君今日欢'。李后主词'奴为出来难，教君恣意怜'。正见词家本色，但嫌意态之不文矣。"（转引自沈雄《古今词话》）

艳冶之外，更多词家看重的是"真"。明代潘游龙赞赏道："结语极俚极真。"（《古今诗余醉》）茅暎更是感叹："竟不是作词，恍如对话矣。"（《词的》）清许昂霄《词综偶评》也评价说："《子夜》（编者按：《菩萨蛮》别名《子夜歌》），情真景真，与空中语自别。"他们都极为欣赏此词感情真挚、写景真切，绝不是凭空想象就能完成的泛泛之作。

在各家词评中，如果仅仅是反复咀嚼李煜和小周后故事的，多少还是带着猎奇的心态，在玩味着名人轶事。那些关注艳冶词笔的，也还只是停留在表象。毕竟古今艳词多矣，如果徒有香艳，此词也不足以成为名篇。从艺术的角度说，这首词最出彩的地方，还是在于细节刻画真切动人，极为传神地写出了偷欢女子的情绪和举动。而李煜和小周后的名人效应，只能算是锦上添花吧。

菩萨蛮

蓬莱院闭天台女①。画堂昼寝人无语。抛枕翠云光②。绣衣闻异香。　潜来珠琐动③。惊觉银屏梦。脸慢笑盈盈④。相看无限情。

【注释】

①蓬莱：传说中海上的一座神山，在这里借指女主人公居住之处。天台女：以天台山的仙女借指女主人公。

②翠云：形容女子的头发乌黑浓密。

③琐：通"锁"。锁链、连环状的装饰，常用在宫廷的门窗上。

④慢：用同"曼"，妩媚、美好。

【评析】

本词是写男女恋情的作品，描绘了男子探访女子的情景。上阕侧重对女子昼寝的静态描写。首句连用了两个带有神话色彩的典故。蓬莱、方丈、瀛洲本是《史记·封禅书》中记载的三座传说中的海上神山，这里是以蓬莱仙境形容女主人公的居所。白居易的《长恨歌》就已讲"蓬莱宫中日月长",将蓬莱宫作为杨贵妃的居所。白居易的"蓬莱宫",李煜的"蓬莱院",实出同一机杼。天台女,据南朝刘义庆《幽明录》记载,东汉时有刘晨、阮肇二人进入天台山,遇见了仙女,受到款待并与仙女共同居住了半年,出山之后发现凡间大变,自己的后代都已经是第七世了。两个典故合起来,既是用仙境中的仙女来美称自己心爱的女子,更是为下文入天台山般的探访做了铺垫。词的第一句是在院落之外的视角,接下来的两句则是登堂入室的过程。男主人公步入院中,发现画堂一片寂静,原来女主人公尚在酣睡,浓密的乌发斜抛在枕上,衣物传来幽香。下阕写女子醒来,呈现由静到动的变化。男子潜入室内,穿过帘幕与银屏,珠琐响动,惊醒了女子。女子睁眼看到情郎,娇脸含春,笑意盈盈,同男子四目相望,流露出无限深情。

此词章法极妙。全词从男子临近宅院开始,然后升堂,进而入室,再逐步推进到更具体的帘帷银屏之间,最终聚焦于女主人公的面容乃至眼眸,从远到近,步步深入,完全遵循了男子探访的时空顺序来平稳推移,一句都不能错乱。每一句词,就仿佛摄像镜头般被匀速地推近,节奏十分平稳。这种章法节奏的停匀,甚至可以折射出作为观察视角的男主人公探寻脚步的停匀。前来探访钟爱的女子,男主人公的心情原本应该是有些急切的。但因为远远就发觉寂静的院落中伊人正在昼寝,男子不愿意轻易吵嚷到所爱的女子,于是选择了轻手轻脚地匀步潜来,这份怜香惜玉之情,仅仅通过章法的节奏就表现出来了。随着这样的深情款款的步履,到最后两人脉脉含情的相望,真是水到渠成。唐圭璋说此词"缱绻缠绵,婉约多情"(《李后主评传》),可谓确评。

菩萨蛮

铜簧韵脆锵寒竹^①。新声慢奏移纤玉^②。眼色暗相钩。秋波横欲流。　　雨云深绣户。未便谐衷素^③。宴罢又成空。魂迷春梦中。

【注释】

① 铜簧：乐器里用铜制成的薄片，吹奏时可以振动发声。脆：声音清脆。锵寒竹：竹制的乐器发出铿锵的声响。又有簧片，又为竹制，本句所写的大约是笙一类的乐器。

② 纤玉：纤细又洁白如玉的手指。

③ 衷素：内心的情愫。

【评析】

本词是写男女相互恋慕却未得谐合的作品。词的上阕侧重写女主人公的姿态。这位女子擅长音乐，纤纤玉指从容不迫地按着气孔，吹奏清脆悦耳的新曲，这是惯常的由人物到动作语序。但李煜的章法颇不寻常，他是先从铿锵清脆的乐声写起，一并写发声的乐器，接着再写附着在乐器上的纤手，最后才写到手边的人面。这就可见男主人公堪称顾曲周郎，是先关注杰出的才艺，再由才艺渐渐注意到美人的容貌上来。先艺后人，还是先人后艺，雅俗之别，由此可分。至此，男女的目光终于相会，女子含情脉脉宛如秋水的眼波，正凝睇着男子。

词的下阕侧重写男主人公的观感。由乐声吸引，进而终于发现那含情的眼波后，男主人公不禁心旌飘摇了。他期望与女子互诉衷曲，也期望云雨谐合。宋玉的《高唐赋》曾写道："昔者先王尝游高唐，怠而昼寝，梦见一妇人，曰：'妾，巫山之女也，为高唐之客。闻君游高唐，愿荐枕席。'王因幸之。去而辞曰：'妾在巫山之阳，高丘之岨，旦为朝云，暮为行雨。朝朝暮暮，阳台之下。'""云雨"于是成为男女欢会的代称。可惜宴会结束后，这女子便离去了，期望成了空想，只害得神魂在梦中继续追想了。

有的人认为这首词也和前面的《菩萨蛮》（花明月黯笼轻雾）一样，是李煜在自叙和小周后的恋情。如俞陛云说："《古今词话》云：'词为继立周后作也。'幽情丽句，固为侧艳之词，赖次首末句以迷梦结之，尚未违贞则。"（《唐五代两宋词选释》）詹安泰也说："认为这是李煜曾经幽会过的女子（指小周后），'雨云'两句是宕开，是联想两人谐合的情况，以下才拍合写现场的生活。也通。"（《李璟李煜词校注》）这首词在字面上虽然没有明显的指名道姓，但作这种猜测是有一定道理的。此词一派歌舞升平的气象，显然是李煜前期的作品。那时候李煜作为南唐之主，在强大的君权之下，普通的宫廷乐队中的女子，如果被他相中，应该没有"未便谐衷素"的道理。所以此女应该身份不一般，从我们能够看到的李煜生平的资料，最可能的人物就是碍于姐姐周娥皇的看法或者朝臣的非议，而在正式册立为继室前不便随意往来的小周后了。

抛开这些带宫廷绯闻的故事，单论此词的词艺，后世词人的看法也有些矛盾。有人觉得这词写得很随意。明徐士俊就说："后主词率意都妙，即如'衷素'二字，出他人口便村。"（转引自卓人月《古今词统》）他觉得李煜词随笔直书却又能呈现出高妙的效果，"衷素"这样由旁人说来会带着强烈艳冶色彩的俗套话，李煜写出来却显得不那么庸俗了。

但有的人却认为写得很认真精致。如明末沈际飞批点此词道："精切。"(《草堂诗余续集》)沈氏同时还嫌下阕写得差些，称："后叠弱，可移赠妓。"说后叠只能赠妓女，不适合写给有修养的闺秀，大概是沈际飞觉得"雨云""衷素"一类的词藻直白了些、俗艳了些。

同一首作品，徐士俊觉得写得随意，艺术效果却不俗；沈际飞觉得写得精切，但写到后面却有些俗气。究其原因，徐士俊着眼的"率意"，是李煜直书其事的笔法，更是李煜直抒胸臆的率真，而徐士俊觉得情真便不俗。如果换作是逢场作戏的酒客出语调戏歌妓，那样的言不由衷的所谓"衷素"便俗了。而沈际飞着眼的"精切"，则稍嫌过度关注遣词造句的字面了，他太计较词藻的雅俗，却忽视了情到浓时是可以变俗为雅的。对于此词的推敲，沈际飞要略逊一筹了。

喜迁莺

晓月坠，宿云微①。无语枕频欹②。梦回芳草思依依。天远雁声稀。　　啼莺散，余花乱。寂寞画堂深院。片红休扫尽从伊③。留待舞人归。

【注释】

① 宿云：夜晚的云气。

② 欹：斜倚，斜靠。

③ 尽：全都。从：任由。

【评析】

本词是一首春暮怀人之作。词的开头三句，是主人公早晨醒来后的情景。月落云微，心中的故人也似易散的彩云一般不知所踪了。在这怅惘的情绪中，主人公默默无言，辗转反侧，斜靠在枕头上，左也不是，右也不是。紧接着是"梦回"一句，一方面，"回"是倒叙，婉转地叙述昨夜梦中"回到"充满相思别恨的芳草地。《楚辞·招隐士》就说过："王孙游兮不归，春草生兮萋萋。"春草早已成为中国古典诗歌中离别的意象符号。《诗经·采薇》又云："昔我往矣，杨柳依依；今我来思，雨雪霏霏。"在此词中，"依依"同样暗示了深重的别离情绪。另一方面，"回"又是仿佛写当时昨夜的残梦还"萦回"于怀，让人恋恋不舍。然而，天远人远的残酷现实到底还是无可回避，雁声终于叫破残梦。雁声又"稀"，此一"稀"字包蕴两层：雁声疏而亮，承上文而更加衬托出光景的清寂；又由于鸿雁传书的典故，雁声稀也暗示着离人一去音信稀落，引出下文的寂寞埋怨。

上阕开头已点出时间在一天之晨，下阕开头则点出在一年之春暮。月坠、云微、莺散、花乱，四者都是阑珊衰败的意象，上下文可谓暗暗关合。故人不在，无人共语，而此时春日的啼莺又散，彻底只剩下寂寥落寞。画堂深院之大，并不显出让人羡慕的富丽堂皇，反而衬出主人公内心之空旷孤独。深院宽阔，可知落花堆积势必不少。原本能够住在这样精致画堂的人家，想来定然是不乏僮仆下人来打扫院落的。但主人公却偏偏不清扫不收拾，要留下这些憔悴的落红证明给归人看看，错过了如此美好的韶华，犯下的是何等可恨的错误。词的最后两句，因爱生怨，更见爱之深、情之切。这种笔法，可以想到汉乐府《有所思》中的描写："有所思，乃在大海南。何用问遗君？双珠瑇瑁簪，用玉绍缭之。闻君有他心，拉杂摧烧之。摧烧之，当风扬其灰。从今以往，勿复相思！相思与君绝！"诗中的女子在听说心爱的男子有他心之后，愤而把原本精心准备的玳瑁簪烧毁，乃至当风扬灰，一点不留。在《有所思》里是毫不留存玳瑁簪，在李煜这首《菩萨蛮》里则是留下了满院的落花，不留与留，二者似异而实同，都是情深怨切、借故宣泄的表现。这种看似有些过分的、蛮不讲理的宣泄，在文学艺术中反而凸显了可贵的真情，基于真情，便有一种无理而妙的趣味。

有人认为这首词是李煜亡国后的作品。俞陛云说："此二词（编者按：这首《喜迁莺》与李煜的《采桑子》）殆亦失国后所作。春晚花飞，宫人零落，芳讯则但祈入梦，落红则留待归人，皆极写无聊之思。"（《唐五代两宋词选释》）俞陛云的推测依据是，词中表达了百无聊赖的情思，又有舞人未归的情节，所以可以认为是国破家亡，宫女流散。

这首词确实和李煜那些歌舞升平式的早期词作有所不同，词的情感基调不是长乐未央，而是充满怨慕的。但是不是李煜所有带有消极情绪的词，就一律可以解读为亡国后的作品呢？这大有商榷的余地。李煜的父亲李璟的词作，就无不充斥着愁怨，但显然不能因此便解读为亡国后之作，还没轮到他成为一个亡国之君呢。李煜在亡国前，也不是没有痛心伤感的经历，皇后周娥皇的早逝，中原王朝的步步进逼，都给他的生活带来过深重的阴影。所以，李煜亡国前的作品自然也可以写消极的情绪。在这首词中，主人公虽然心有不满，但终究还是在等待"舞人归"，也就是心中仍然有希望，有企盼。这与李煜那些可以确认的亡国后之作所显示的绝望，所呈现的无可奈何只能以泪洗面的状态，还是有区别的。因此，把这首词仍旧视为李煜前期的作品，或者干脆视为李煜在拟写传统的男女相思题材，而不要在没有更确切证据的情况下遽断为亡国后所作，可能是更好的选择。

采桑子

庭前春逐红英尽，舞态徘徊。细雨霏微。不放双眉时暂开。　　　绿窗冷静芳音断^①，香印成灰^②。可奈情怀^③。欲睡朦胧入梦来。

【注释】

① 绿窗：绿纱窗。冷静：冷落寂静。

② 香印：有时也作"印香"。把香料研磨成香粉，再放入特定的模具内印制成形的熏香。

③ 可奈：怎奈，怎可奈。

【评析】

本词也是一首春暮怀人的作品。上阕从庭院中的自然景物写起。红花一点点飘零，美好的春光正随着落红流逝。"舞态徘徊"，是花与人的互喻。"舞态"固然是落花随风飘荡时如人起舞，同时又引起对翩翩佳人的怜惜，是惜花，更是惜人。春雨如丝，弥漫于天地之间，正如秦观词云"无边丝雨细如愁"，让人愁眉紧锁。上阕由红英写到双眉，终于由景转到人。下阕便接着展开来说人情。"芳音断"三字，点破主旨乃在抒发离愁别绪。香印就在这冷落寂静的残春中烧尽。时人制香，常将香粉做成一定的形状，其中特别偏爱篆书的"心"形。宋末蒋捷《一剪梅》就提到："何日归家洗客袍。银字笙调。心字香烧。流光容易把人抛。"李煜词中的"香印成灰"，是熏香成灰，更是暗示在音讯隔绝中心情冷落如寒灰。李商隐《无题》诗云"春心莫共花争发，一寸相思一寸灰"，可为此词作注脚。这样的情绪，这样的春日，人何以堪呢？主人公寄希望于一枕黑甜，闭目不见这落花丝雨，好忘却如此烦恼。最后是何事何物朦胧入梦呢？也许是与所爱之人，在梦中欢会。但也许，却只是欲避此情，无奈此情仍旧入梦。这就与上阕的末尾对应，前者是醒时，后者是睡时，无论是梦是醒，始终都是想排遣愁绪而不得。

此词在章法安排和意象使用上十分巧妙。一方面各有侧重，上阕围绕"红英尽"展开，侧重写伤春；下阕围绕"芳音断"展开，侧重写伤别。另一方面，伤春意绪又是因别后的孤独寂寞而起，可谓前后照应。词中的许多意象，如落花如舞，舞人如花；又如细雨不放天开，愁思不放眉开；再如香烬与心灰，物象与人情均一一对应，水乳交融。

清陈廷焯评此词"幽怨"（《词则》），对全词的情绪基调把握十分准确。至于俞陛云把此词断为李煜亡国后的作品，并说："《采桑子》之眉头不放暂开，殆受归朝后禁令之严，微有怨词耶？"（《唐五代两宋词选释》）他抓住词中的"不放"二字，将这句解读为宋朝严格约束降臣李煜的生活起居，导致李煜的抱怨。言下之意，李煜是借词中的男女之情，暗寓亡国后的怨悱之情。这就有穿凿附会之嫌了。李煜写亡国之情大多能够直抒胸臆，我们没有给这首词强加香草美人、比兴寄托之说的必要。

长相思

云一緺①。玉一梭②。淡淡衫儿薄薄罗。轻颦双黛螺③。
秋风多。雨相和。帘外芭蕉三两窠④。夜长人奈何。

【注释】

①云：如云的头发。緺（wō）：用同"涡"，像水流旋转盘结的发髻。

②玉一梭：梭形的玉簪。

③黛螺：又称"螺黛""螺子黛"，是一种青黑色矿物颜料，古代女子常用来画眉，在这里代指女子的眉毛。

④窠：同"棵"。

【评析】

本词主要写了一位淡雅含情的美人。词的上阕全在写佳人的衣饰和容貌，寥寥几笔，就勾勒了一个气质出尘的女子。王安石诗说极致的美人是"意态由来画不成"（《明妃曲》）的，但李煜的词笔之高妙，却能短短几句写就，简直如画中逸品。李煜本就擅长书法和绘画，这点屡见记载。宋朝人对他的画评价很高，欧阳修《新五代史》说他"工书画"；沈括《梦溪笔谈》说"后主善画，尤工翎毛"；画论专书《宣和画谱》也说他"政事之暇，寓意于丹青，颇到妙处"。

此词上阕的写作顺序，恰如作画一般。先写如云的秀发，再写秀发上精致的玉簪，接着是身上淡雅的罗衫，至此人物轮廓已成；最后写微蹙的眉黛，为人物点睛传神。"一縚""一梭""淡淡""薄薄""轻"，全用简笔、淡笔，不悲不喜、不动声色，不惺惺作态，只觉一片清雅高格；及至末了，才用一个"颦"字显露情绪，勾出本词下阕情景交融充满愁绪的内容。詹安泰先生对这几句的剖析颇为精彩："上半也写一个女子的装束和情态。但给予读者的印象，不仅是一个女子的这种装束和情态而已，同时还可以看出她的苗条的身材、富于感情的内心以及她的整个标格和丰韵，觉得这是一个值得爱慕的女子。这原因，就和作者运用精炼准确的字句有关。如里面用了两个'一'字、一个'儿'字、一个'轻'字、两组重叠字'淡淡'和'薄薄'，都能够使得这个人物形象更加有'亭亭玉立'的风致，整个标格和丰韵都从中透露出来。"（《李璟李煜词校注》）

词的下阕，就情绪而言，仍然是委婉的淡笔。秋风秋雨打芭蕉，长夜漫漫人奈何，全是写环境来烘托气氛，从始至终，都不道破心事为何。但就章法而言，下阕则是层层递进的写法。先说秋风，已见衰飒；又兼秋雨，更助凄凉。正是"秋风秋雨愁煞人"的时节，帘外还有两三棵芭蕉树。芭蕉叶卷，在古人看来是心绪不舒的象征。风雨敲打在蜷曲的芭蕉叶上，叶叶声声，就像不断敲打着愁人憔悴的心灵。而这样难捱的时间，竟然还要持续整个漫漫长夜，叫人怎么能承受呢？下阕四句，分作四层，愁绪一层深过一层，不断叠加，最终凝练为"人奈何"三字。

前人大多都很欣赏这首词的遣词用语之妙。如明末徐士俊评起句："缘饰尤佳。"（转引自卓人月《古今词统》）同时代的沈际飞说："'多'字、'和'字妙，'三两窠'亦嫌其多也。"（《草堂诗余续集》）晚清陈廷焯说："字字绮丽。结五字婉曲。"（《云韶集》）徐说、陈说尚有些泛泛而谈，沈说则可谓体察入微。"三两窠"原本只是小数目，但在前文秋风多、雨相和的铺垫下，愁绪早已不浅，因此哪怕只有一棵一叶芭蕉，心情也感到难以承受，何况还有"芭蕉三两窠"，自然是嫌多了。

渔父

浪花有意千重雪①，桃李无言一队春。一壶酒，一竿身。世上如侬有几人②。

【注释】

　　①千重雪：形容层叠的雪白的浪花。

　　②侬：人称代词，在这里相当于"我"。

【评析】

本词是李煜的一首题画之作。据北宋刘道醇《五代名画补遗》记载："卫贤，京兆人，仕南唐为内供奉。初师尹继昭，后刻苦不倦，执学吴生。长于楼观殿宇、盘车水磨，于时见称。予尝于富商高氏家观贤画《盘车水磨图》，及故大丞相文懿张公第有《春江钓叟图》，上有南唐李后主金索书《渔父》词二首。"卫贤是南唐的宫廷画师，他的《春江钓叟图》曾收藏于宋仁宗时期的宰相张士逊家，图上就题有李煜的两首《渔父》（另一首见本书后文）。

《渔父》这个词调又名《渔歌子》《渔父乐》，今存最早的作品是张志和写的。张志和是盛唐、中唐时期的名士，中年放弃仕途，隐居江湖，自号烟波钓徒，又号玄真子。他传世的《渔歌子》一共五首，都是通过描写渔人的生活来抒发隐逸情怀的。这五首作品影响极大，日本的嵯峨天皇，在弘仁十四年（唐穆宗长庆三年，公元823年）创作了《和张志和〈渔歌子〉五首》，是日本国填词的开山之作。

本词既然是写在卫贤的《春江钓叟图》之上，那么选择使用《渔父》这个词调就再合适不过了。李煜此词延续了《渔父》的传统题材，是以渔人的口吻来写的。渔人驾着一叶扁舟划过江湖，激荡起层层雪白的浪花，桃李成队列般地盛开于岸边。起笔对景物的勾勒，神似陶渊明的《桃花源记》："晋太元中，武陵人捕鱼为业。缘溪行，忘路之远近。忽逢桃花林，夹岸数百步，中无杂树，芳草鲜美，落英缤纷。"《桃花源记》描绘了一个能够自给自足，没有红尘扰攘、战乱纷争的理想世界。在五代十国天下瓜分豆剖的乱世里，偏安江南一隅的李煜，应该也向往着那样没有战争阴影、强权斗争的世界吧。在那样的理想世界里，饮酒一壶，就足以沉醉酣畅，象征着逍遥与快乐；垂钓一竿，就足以满足身体的口腹之需，象征着自给自足饮食无忧。

《庄子·逍遥游》说："鹪鹩巢于深林，不过一枝；偃鼠饮河，不过满腹。"小鸟鹪鹩住在茂密的大树林里，安栖所需要的也不过是其中的一根树枝；偃鼠就算到滔滔的黄河边去喝水，也只要喝饱肚子就够了。人生想要逍遥，所需要的物质其实一点也不多。有一壶酒、一竿身，就足以做一只快乐的鹪鹩，一只自在的偃鼠，一个超然物外的渔翁了。能得到像这样的大逍遥，世上有几个人呢？

渔父

一棹春风一叶舟^①。一纶茧缕一轻钩^②。花满渚，酒盈瓯^③。万顷波中得自由。

【注释】

① 棹：船桨。

② 纶：粗丝线，多指钓丝。茧缕：丝线。

③ 瓯：小碗，杯。

【评析】

本词是李煜题于卫贤《春江钓叟图》上的另一首作品。渔人在春风中驾着一叶扁舟，也许更是因为小船的轻快灵便，在划动船桨时船行加速，引得习习风生。悬一支钓鱼竿，就足以养活自己；满酌一杯小酒，就足以放松精神。水边的洲渚开满鲜花，在这美丽的烟波万顷的广阔世界里，渔人享受着自由随心的快乐。

李煜这两首《渔父》的章法，都注重或由大到小，或由小到大地缩放画面。一方面，两首词屡屡使用"一"来强调"小"，无论是

"一壶酒""一竿身"，还是"一棹春风""一叶舟""一纶茧缕""一轻钩"，都是在突出渔人只需要极简化的物质条件，就足以托身自足。一方面，这种"小"，寄寓了人类个体的渺小；另一方面，词中又用"满""万顷"来显示"大"，花满洲渚，水波万顷，可供泛舟逍遥的世界是如此广大。这种"大"，寓含的是江湖之广，天地之宽。正所谓"海阔凭鱼跃，天高任鸟飞"。既然人本是需求有限的小小个体，当拥有足以优游的广阔空间时，在这大小之间就产生出强烈的对比张力，真正诠释了"自由"。

有的人非常喜欢这首词对情景的点染和意象的选择。宋代俞成《萤雪丛说》讲："杜诗'丹霞一缕轻'，李后主《渔父》词'茧缕一钩轻'，胡少汲诗'隋堤烟雨一帆轻'；至若骚人于渔父则曰'一蓑烟雨'，于农夫则曰'一犁春雨'，于舟子则曰'一篙春水'，皆曲尽形容之妙也。"在小说艺术理论中，有所谓"典型环境中的典型人物"的说法，很适合移用过来看待这些作品。俞成举出的六个例子，前三句分别提到天空的一缕丹霞，水边的一纶钓丝，堤岸的一片船帆，都可以说是典型环境中的典型事物。而后三句，则可以说是选择典型事物来表现人物的身份特征。因为是渔父，所以选择了蓑衣；因为是农夫，所以选择了犁铧；因为是舟子，所以选择了船篙。蓑、犁、篙，在这几句诗的语序设置中，甚至显得有些量词化了。但在实际上，诗人只是想要描绘烟雨中的一蓑、春雨中的一犁、春水中的一篙。这在本质上还是一种有目的有意识的取景，并在取景时暗用了借代的修辞手法。以"一蓑"代表一个穿着蓑衣的人；"一犁"代表一个使用犁铧的人，"一篙"代表一个撑着船篙的人。主要是由于意象选择的典型生动和语言顺序的新鲜变化，才成就了"形容之妙"。

但也有不喜欢这两首《渔父》的。王国维说："右二阕见《全唐诗》《历代诗余》，笔意凡近，疑非李后主作也。"(《南唐二主词》)

王国维是著名的词学专家，他甚至认为这两首词写得太差，不像是才华横溢的李煜写出来的作品。

王国维认为的"笔意凡近"，也许是嫌词中的主题和立意都十分传统，不像李煜的其他词作那样一往情深真切动人吧。但这两首《渔父》都是题画词，词人不能不受到画师画作本身内容、格调的局限，能与原本的《春江钓叟图》相得益彰，就可算是不错的题画之作了。何况李煜还在一个前人名作众多的传统题材中，实现了"形容之妙"，应该说还是展现了李煜的艺术水准的。

捣练子令

深院静，小庭空。断续寒砧断续风 ^①。无奈夜长人不寐，数声和月到帘栊 ^②。

【注释】

① 砧：本指捣衣石，这里借指捣衣的声音。

② 帘栊：窗帘和窗户，也可泛指门窗的帘子。

【评析】

本词是描写听到捣练之声而月下怀人的作品。捣练，是古代的女子用木杵将生丝制成的绢捣软成为熟绢，以便制作衣服。秋天天气转凉，女子常于白天的劳作之后，在夜晚为家人捣练和制衣。这一在生活中常见、同时又充满人情味的活动，在古人的诗歌中多有记述。如唐张若虚《春江花月夜》写"玉户帘中卷不去，捣衣砧上拂还来"；李白《子夜吴歌》说"长安一片月，万户捣衣声。秋风吹不尽，总是玉关情";杜甫《秋兴》讲"寒衣处处催刀尺,白帝城高急暮砧"。

李煜此词的开头,先用两个短句点染了深院静、小庭空的环境。接着就以砧声更进一步衬出院落之寂静,又以风声更衬出庭宇之空旷,紧扣前句。而庭院环境的空静,又暗示着主人公内心的空寂,遂引出下句的孤寂无寐之人;同时,断续的风声与砧声,也说明时间在不断推移,而不是完全静态的描写,这又引出下句的"夜长"。倒数第二句写到长夜无眠,终于点明了时间在晚上,因为是夜晚,所以末句才能自然地写到月色。月色伴随着砧声而来。寒砧响起,就意味着有人在制作寒衣,寒衣自当是准备给所思所爱之人的,而所爱之人却被阻隔在山河之外。于是,值此关山与庭院两地可以同看的月色照到帘栊之时,断续砧声一次次叩到离人心头,叫人不能不辗转反侧。正是这砧声月色,加剧了主人公的无奈和难眠,末句可以说又进一步诠释了上句。全词虽然仅有二十七字,但在章法上却是细致绵密、前后映带、无一字不与前后的邻句发生关联。庭院、寒砧、风、无眠的人、月色等经过精挑细选的意象次第有序地呈现,在总势上顺着长夜的时间推移而呈一条直线,在单句间则一环扣一环地叠加,当感伤忧愁的要素越来越多时,终于使无奈的情绪也越积越深而达到顶点。

《捣练子令》,又名《捣练子》《深院月》。李煜此词虽不侧重对捣练本身的描写,而是侧重写听到捣练声的感受,但仍然算是延续了《捣练子令》的传统主题元素。这种词作内容与词调名的意涵基本一致的情况,是在词体发展的早期才比较多见的现象。一般来说,越到后世,词调名往往越来越多地纯粹成为一套声律规范的代号,而与词作思想内容的关系则越来越疏离。

许多词学家都指出了此词的这种传统本色。明杨慎就说:"李后主《捣练子》云(略)。词名《捣练子》,即咏捣练,乃唐词本体也。"(《词品》)清《古今图书集成》记载这首词,就题为:"《捣练子》本

意。"清末民初俞陛云也说:"曲名《捣练子》,即以咏之,乃唐词本体。"(《唐五代两宋词选释》)

但有的人却曾经给这首词另外加标题。如明陈耀文《花草粹编》、胡震亨《唐音统签》,都给此词另加了一个"闻砧"的题目。这虽然已经有些多此一举,但至少还不算太跑题。清陈廷焯更记载了:"古人以词名为题,他本增'秋闺'二字,殊属恶劣。"(《云韶集》)有些版本,把这首词的题目变成"秋闺",对词意理解的重心就进一步偏移了。

给原本只有词调名的唐宋词另加标题,是后人特别是明朝人常有的做法。王国维对此深恶痛绝:"诗之三百篇、十九首,词之五代、北宋,皆无题也。非无题也。诗词中之意,不能以题尽之也。自《花庵》《草堂》,每调立题,并古人无题之词亦为之作题。如观一幅佳山水,而即曰此某山某河,可乎。诗有题而诗亡,词有题而词亡。然中材之士,鲜能知此而自振拔者矣。"(《人间词话》)王国维认为优秀的诗词往往意涵丰富多样,而过度具体化的标题,容易局限读者的思维;无题的诗词则有着更好的艺术延展性,有利于作品生发不尽之意。从接收美学的角度看,后人对一些唐五代词之所以能够有着丰富多彩的解读,正得益于它们是无题之作。像温庭筠写男女之情的词作,有时被认为有《离骚》香草美人般的意趣,就是一个代表。但这与早期词调歌咏本意,自然可以无题而不必画蛇添足,其实又是站在不同的立场在思考了。

谢新恩

金窗力困起还慵[①]。(余缺)

① 金窗：华美的窗。

【评析】

这首词有原注"已下六首真迹在孟郡王家"。孟郡王即孟忠厚，字仁仲，是宋哲宗皇后孟氏的侄子，曾被封为信安郡王。有的书中认为他是孟皇后之兄，不确。此词连同后面的五首《谢新恩》，都是前人从孟忠厚收藏的李煜墨迹中辑录的，但原文多已残缺不全。

《谢新恩》一般被认为是词调《临江仙》的别体。从李煜词中保存得相对完整的《谢新恩》来看，他通常使用的是上下阕各五句，每句字数依次为七、六、七、四、五的体式。

这首词在六首《谢新恩》中残缺得最为厉害，仅剩下一句。按照《谢新恩》的词调格律来说，第一句应该是仄声收尾不入韵的，现存的这句"金窗力困起还慵"不会在词首，而应该是词中上阕或下阕的第三句。所以该句的前后应该都有阙文，而不仅仅是后文缺失。

谢新恩

秦楼不见吹箫女①，空余上苑风光②。粉英金蕊自低昂。东风恼我，才发一衿香③。　　琼窗梦□留残日，当年得恨何长。碧阑干外映垂杨。暂时相见，如梦懒思量。

【注释】

① 秦楼不见吹箫女：据《列仙传》记载，秦穆公时，萧史擅长吹箫，穆公的女儿弄玉很喜欢听，穆公就把女儿嫁给了萧史，并为二人筑造楼

台。弄玉跟着萧史学箫，声似凤鸣，引来凤凰，二人最终乘凤凰而去。

②上苑：皇家的园林。

③一衿：衿同"襟"，襟怀。一衿有一怀之意。

【评析】

本词是思念一位女子的作品。词的上阕描绘的是主人公春日触景伤怀的境况。开篇用萧史、弄玉的典故，二人原本是一对生活美好的夫妇，但如今却不见"吹箫女"，暗指鸳鸯失伴，故人已不在。只剩下和故人一同欣赏过的园林风光还是如旧，当百花再度盛开，春风送来一怀香气，却让主人公徒增一腔思绪。

下阕首句缺一字，依格律应是一个仄声字；再依文意，似当为"梦醒""梦觉""梦破"等表示从梦中醒来的词汇。上文写到日暖风轻，牵动心绪，下阕即从梦开始，与温庭筠词的"暖香惹梦鸳鸯锦"构思立意相似。梦中的细节都被一笔带过，只说醒来时仅剩残阳一道，寓示着在沉思往事中空度年光。当年的往事也不再细说，只归结为"得恨何长"。得恨是落得今日之恨，但今日有多少恨，当年就有多少爱，絮果兰因，爱恨相兼。恨何长，是从"不见吹箫女"起直至而今之长。如此长恨，语虽怨，情实深，诉恨其实是在倾诉爱与相思，只不过是正话反说罢了。此时凭栏怅望，残阳之下，有栏外垂杨千万缕，缕缕都是情丝牵系。纵使芙蓉如面，杨柳如眉，也不过因缘际会、梦幻泡影，何苦再做思量？此见是实是虚，此情是真是幻，思量徒惹长恨，也就干脆不思量吧。说是懒思量，实际是不忍思量，收束可谓沉痛。

谢新恩

樱花落尽阶前月，象床愁倚薰笼^①。远似去年今日恨还同。　双鬟不整云憔悴^②，泪沾红抹胸^③。何处相思苦，纱窗醉梦中。

【注释】

① 象床：用象牙装饰的床。薰笼：又作"熏笼"，有笼覆盖的熏炉，可用以熏烤衣物。

② 云：如云的头发。

③ 抹胸：胸前小衣，一名"金诃子"，俗名"肚兜"。

【评析】

本词是写一位女子相思之苦的作品。此词的上下阕格律不整齐，字句多有脱误，不是一块完璧，但题旨和基本结构还是大致可见的。

全词的上阕侧重写主人公所处的环境。在樱花落尽、春光逝去的夜晚，惹起相思的月光更增愁绪，愁人百无聊赖地倚靠着薰笼。接着作者把这种愁绪拉长，去年今日，愁恨是相同的，说明女主人公带着年复一年的相思。

词的下阕侧重直接写人物本身。俗话说"女为悦己者容"。在这长年累月的孤独苦闷中，女子无心梳妆打扮，暗自流泪。最后点出主旨"相思苦"，而且说明醒也苦，醉梦也苦，此苦即使借酒浇愁也不可逃避，属于加深一层的写法。

谢新恩

庭空客散人归后，画堂半掩珠帘。林风淅淅夜厌厌^①。小楼新月，回首自纤纤。（下缺）　　春光镇在人空老^②，新愁往恨何穷。□□□□□□□。一声羌笛，惊起醉怡容。（下缺）

【注释】

① 淅淅：象声词，风、雨声。厌厌：绵长貌。

② 镇：经常，总是。

【评析】

在有的古籍版本中，此词被分作了两首各有残缺的词作，这才是正确的做法。

从格律上说，此词上半部分的韵脚，"帘""厌""纤"都属于平水韵中的盐韵字，在《词林正韵》中则属于平声韵的第十四部；下半部分的韵脚，"穷"属于平水韵中的东韵字，"容"属于平水韵中的冬韵字，两字在《词林正韵》中属于平声韵的第一部。上下两部分的用韵不统一，属于格律不合。而且上半部分字句完整，并不缺字，如果这只是一首词，就没有注明"下缺"的道理。

从词意上说，上半部分才说过"人归后"，下半部分又提"人空老"，"人"的意象重复啰唆；上半部分明明是夜景，下半部分却说春光，意境也不协调。

因此，无论从格律还是词意来看，这都应该是两首词。如果照此推断，第一首《谢新恩》原注"已下六首真迹在孟郡王家"，"已下六首"就是不包括第一首，以下还另有六首词。

谢新恩

樱花落尽春将困，秋千架下归时。漏暗斜月迟迟花在枝。（缺十二字）彻晓纱窗下，待来君不知。

【评析】

本词是一首写男女恋情的作品。全词有较多残缺，余下的部分大致描绘了暮春时节的夜晚男女幽会的情形。

谢新恩

冉冉秋光留不住。满阶红叶暮。又是过重阳①，台榭登临处。　　茱萸香坠紫，菊气飘庭户。晚烟笼细雨。嗈嗈新雁咽寒声②，愁恨年年长相侣。

【注释】

①重阳：古以九为阳数之极，九月九日故称"重九"或"重阳"。

②嗈嗈：鸟类和鸣声。

【评析】

此词虽然也在《谢新恩》的名下，但是格律与其他几首差异颇大。一方面，该词句式字数与《谢新恩》常见的上下阕各五句，每句依次为七、六、七、四、五字的体式多有不同。另一方面，《谢新恩》通常都是押平声韵，而此词却押仄声韵。前辈学者已指出，此词与南唐冯延巳词《醉花间》体式十分接近，只不过《醉花间》末句六字，此词七字而已。今分段、句式、韵脚，都参照《醉花间》冯延巳体做了修订。

本词是一首秋日抒怀的作品。词的开篇就概括式地点明美好时光易逝，第二句写满阶飘零的红叶，天色又暗，都是用物象作为前一句"留不住"的具体表现。"又是"，暗示从当年到今年，为全词末尾的"年年"做了铺垫。而重阳是节日，古人有在这天登高游宴、佩戴盛放了茱萸的香囊、喝菊花酒的习俗。但是此日登高所见所闻，却是烟雨迷蒙，秋雁南飞，叫声凄寒。这些意象隐隐有望远怀人之意，望眼被烟雨所阻，心怀远人所以寄意于传信的鸿雁。可惜年光留不住，怀人不可得，因此总是愁恨相伴。

阮郎归

东风吹水日衔山。春来长是闲。落花狼藉酒阑珊①。笙歌醉梦间。　　佩声悄，晚妆残。凭谁整翠鬟。留连光景惜朱颜，黄昏独倚阑。

【注释】

①狼藉：有时也写作"狼籍"，散乱的样子。阑珊：衰减，消沉。

【评析】

本词是一首春日怀人的作品。词的上阕写主人公春来消遣度日的景况。风和日丽，光阴荏苒，春来一直"闲"，此"闲"不是清闲自在之"闲"，而是空虚寂寞无人共语之"闲"。闲中花开花落，匆匆间已经满地落红狼藉。为了排遣这等闲愁，只好在笙歌美酒中麻醉自己。但春花终归要落，酒兴终归要散，醉梦终归要醒，上阕似放浪而实悲凉。

下阕像是一位落寞女子的自诉，环佩寂寥，跫音不响，望美人兮何在？无人共语，无心梳妆，主人公只好在黄昏中独自倚靠着栏杆，追惜光景与随着光景一同黯淡的朱颜。光景照应着上文东风春日的景致，朱颜照应着晚妆与翠鬟。结句终于把景物与人情彻底挽合，道出惜春惜人之意；而一个"独"字，也彻底揭破上阕之"闲"究竟是何种闲了。

但此词又不是一首普普通通的闺怨词，而是李煜假托女子闺情的口吻，在倾诉衷肠。有的人就推测这是李煜被俘入宋之后的作品。如明末徐士俊说："后主归宋后词，常用'闲'字，总之闲不过耳，可怜。"（转引自卓人月《古今词统》）沈际飞也说："意绪亦似归宋后作。"（《草堂诗余正集》）

但有的人则认为此词作于李煜入宋之前，而且也不是泛泛地倾诉愁绪，而是想念自己的弟弟李从善的作品。这是因为李煜词的传世版本不同，在有的传本中，此词除了词调名，还另外题有"呈郑王十二弟"。郑王李从善，是南唐中主李璟的第七子，因为古人的排行有时会夸大，采取同祖父排名或者算上兄弟姐妹在一起排名，所以第七子却被称为"十二弟"。李煜原本只是李璟的第六子，但由于李煜的多位兄长都先后早死，特别是颇有才略却卷入宫廷斗争的长兄李弘冀死后，皇位就落到了李煜身上。而李从善与李煜年龄最接近，李煜一直对他加以亲善，作为自己的得力臂膀。宋开宝四年（971），宋军灭了远在两广地区的南汉。随着地方割据政权越来越少，南唐更加孤立无援、风雨飘摇。这使得李煜非常害怕，他上书宋朝，主动去掉了"唐"的国号，改称自己为"江南国主"，同时派弟弟李从善带礼物到宋廷上贡，希望苟且图存。据陆游《南唐书》记载："开宝四年遣（李从善）朝京师，太祖已有意召后主归阙，即拜从善泰宁军节度使，留京师，赐甲第汴阳坊。封其母凌氏吴国太夫人。后主闻命，手疏求从善归国。太祖不许，以疏示从善，加恩慰抚，幕府将吏皆授常参官以宠之。而后主愈悲思，每凭高北望，泣下沾襟，左右不敢仰视。由是岁时游燕，多罢不讲。"富于政治谋略的宋太祖赵匡胤，当即留下了作为使臣的李从善，名义上是慰问和封官，实际上就是扣押在开封做了人质，胁迫李煜早日投降。李煜营救无效，十分感伤，以至于许多往日的游宴活动都因提不起兴趣而不了了之了。正是根据这一史实，俞陛云说："词为十二弟郑王作。开宝四年，令郑王从善入朝，太祖拘留之，后主疏请放归，不允，每凭高北望，泣下沾襟。此词春暮怀人，倚阑极目，黯然有鸰原之思。煜虽屠主，亦性情中人也。"（《唐五代两宋词选释》）《诗·小雅·常棣》："脊令在原，兄弟急难。"郑玄笺："水鸟，而今在原，失其常处，则飞则鸣，求其类，天性也。犹兄弟之于急难。"脊令，也写作"鹡鸰"，后世于是以"鸰原"表示兄弟友爱。李煜曾写过一篇怀念李从善的《却登高文》，里面就有"原有鸰兮相从飞，嗟予季兮不来归"的句子，这便是俞陛云强调"鸰原之思"的缘故。

此词究竟作何种解读为是，完全取决于"呈郑王十二弟"六字的有无，双方各有各的道理，只能两存其说了。

清平乐

　　别来春半。触目愁肠断。砌下落梅如雪乱^①。拂了一身还满。　　雁来音信无凭^②。路遥归梦难成。离恨恰如春草，更行更远还生。

【注释】

　　① 砌：台阶。

　　② 雁来音信：据《汉书》记载，苏武出使匈奴被扣留，匈奴诈称苏武已死。后来汉使又到匈奴，苏武的手下乘机夜见汉使，教使者对匈奴单于谎称天子在上林苑中射中一只大雁，雁足上系有帛书，写了苏武等人在何处。此即鸿雁传书的故事，自此大雁就成为信使的象征。

【评析】

　　本词是一首抒写离愁别恨的作品。词的上阕，第一个字就点出别离的主题，主人公是在春天思念远人。在这个时节，触目都是惹人伤痛断肠的景物。说"触目"，就意味着无处不在。接着作者就选取了这样无处不在的景物——落梅。梅花开在早春，到春半时，花渐渐残败，纷纷如雪片般飘落于台阶之上。作者没有说台阶上有多少落梅，却说身上落满了梅花，因为身上落满梅花，自然知道台阶上是更多的落花，可以说是写一得二的妙笔。更妙的是"拂了"二字，让词意更生波澜。因为落花满身，主人公便尝试拂去落花，可是花仍旧落满。因为落梅在词中实际上是无形的愁绪的外在具象物，这里的言下之意，是愁绪挥之不去、排遣不开。张若虚在《春江花月夜》说"玉户帘中卷不去，捣衣砧上拂还来"，拂而不去的是月光；李煜此词，拂而不去的是落梅，喻体虽不同，比喻的本体其实都是愁恨。

　　上阕都是眼前景象，下阕则是远望与想象。天上的鸿雁没有带来可靠的音信，离人道路悠远，以至于连做梦都难以回归。本来人在梦寐之中，是无所谓路途多少的，但作者却偏偏推说是因为路途实在太远，才导致连团圆美梦都很少做。在清醒中感到离别，已然是一种痛苦；而连梦中都很少相会，岂非更加痛苦？现实也苦，梦寐也苦，这种无时无刻不在的离恨，就如春草一般，长满了远去的别路。"更行更远还生"，仿佛是一道送别的目光在渐次铺展，直随离人远至道路的尽头。李白诗说"孤帆远影碧空尽，唯见长江天际流"（《送孟浩然之广陵》），妙处正与之相同。在镜头之中的虽然是离去之人，但言外之意，却还有送别之人久久不去的身影和依依不尽的深情。若是情浅之人，一别两宽，只待离人上马，送者即刻回头；唯有深情绵邈之人，才会目送到天际。此外，末句虽仅仅六字，层次却极为丰富。离恨由人的远行而引起，这是一层；人行得越远，恨自然越深，这是第二层；此恨之深，磨灭不去，又恰如"野火烧不尽，春风吹又生"的春草，这是第三层。层层递进，把别情推向了极致。

　　这首《清平乐》，一方面在意象使用上达到了"一切景语皆情语"（《人间词话》）的境界，全词没有一句不是通过传神之景来言情。另一方面，章法结构也十分精巧。词的上阕有一个带有时间色彩的核心意象落花，并以时间逻辑来组织词句，寄寓的主要情绪是伤春；下阕则有一个带有空间色彩的核心意象春草，并以空间逻辑来展开，寄寓的主要情绪是伤别。但时空又是相互交织的，伤春的意绪，归根到底又是由伤别而引起的，上下阕的对立之中，又蕴含了主旨的统一。

　　多有人指出李煜这首《清平乐》对后人诗词创作的启发。一方面，是后人学习此词巧妙的比喻。明末沈际飞说："是'恨如芳草，刬尽还生'稿子。"（《草堂诗余续集》）晚清陈廷焯说："欧阳公'离愁渐远渐无穷，迢迢不断如春水'，从此脱胎。"（《云韶集》）前者指的是秦观的《八六子》："倚危亭，恨如芳草，萋萋刬尽还生。"后者指的是欧阳修的《踏莎行》："离愁渐远渐无穷，迢迢不断如春水。"其实还不止这些，宋代贺铸的名句"试问闲愁都几许，一川烟草，满城风絮，梅子黄时雨"（《青玉案》），也很可能受李煜的启发。另一方面，是后人学习此词递进的层次。晚清谭献说："'泪眼问花花不语，乱红飞过秋千去'，与此同妙。"（《复堂词话》）清末民初俞陛云说："上段言愁之欲去仍来，犹雪花之拂了又满；下段言人之愈离愈远，犹草之更远还生，皆加倍写出离愁。且借花草取喻，以渲染词句，更见婉妙。六一词之'行人更在青山外'，东坡诗之'但见乌帽出复没'，皆言极目征人，直至天尽处，与此词春草句，俱善状离情之深挚者。"（《唐五代两宋词选释》）六一词，出自欧阳修《踏莎行》："平芜尽处是春山，行人更在春山外。"东坡诗，乃苏轼《辛丑十一月十九日，既与子由别于郑州西门之外，马上赋诗一篇寄之》："登高回首坡垄隔，但见乌帽出复没。"

不过有的人并不同意后人的模仿都是妙笔。比如俞平伯《读词偶得》说："此两句善状花前痴立，怅怅何之，低徊几许之神，似画而实画不到，诗情兼有画意者。梅英如霰，不着一语惜之何？亦似不暇惜落花矣。谭献以欧阳修《采桑子》拟之（见谭评《词辨》），夫彼语有做作气，曰'与此同妙'，似失。"他嫌弃谭献所推赏的"泪眼问花花不语，乱红飞过秋千去"还是有些做作，不如李煜词的自然。这两句词，若说"泪眼看花"，则可称真实；若说"泪眼问花"，确实有些刻意了。一般人纵是爱花、惜花，通常也不至于痴到问出口，最多是在心里关切吧。这句的描写，显然由词人赋予了较多的主观色彩，因此俞平伯的看法是有一定道理的。不过俞平伯也犯了一个错误，这两句并不出自欧阳修的《采桑子》，而是他的《蝶恋花》。

另外，还有博学又敏感的词人指出，李煜也不是完全的原创，也有学习的对象。明末徐士俊评词中最后两句："从杜诗'江草唤愁生'句来。"（转引自卓人月《古今词统》）杜甫诗的原句是"江草日日唤愁生"（《愁》），正是以草来比喻愁。

应该说，众人指出李煜受人启发、又启发后人的情况，大都是有一定道理的。像其中那些有明显的语词套用痕迹的句子，如秦观"倚危亭，恨如芳草，萋萋划尽还生"之类，自然是学习李煜无疑。但是对这类情况的判断，又不宜胶柱鼓瑟，尤其是不宜轻易断定某诗一定是受某一句诗的影响。因为古人写诗词，大多是化用其意而不会照搬原诗的字眼，在没有语词明证的情况下，学习的来源存在多样的可能。比如以草喻愁的案例，春草与离别相关联，是自"王孙游兮不归，春草生兮萋萋"（《楚辞·招隐士》）就有的文学传统，李煜不见得就一定是从杜诗那里学来的。

采桑子

辘轳金井梧桐晚①，几树惊秋。昼雨新愁。百尺虾须在玉钩②。　　琼窗春断双蛾皱③，回首边头。欲寄鳞游④。九曲寒波不溯流。

【注释】

①辘轳：利用轮轴原理制成的井上汲水的起重装置。金井：黄金井，对井的美称。

②虾须：帘。

③双蛾：指美女的两眉。

④鳞游：游鱼，借指书信。

【评析】

本词是一首秋日怀人的作品。词的上阕侧重写景。辘轳金井，是一组古典诗歌中源远流长的意象，南朝吴均（一作费昶）的《行路难》就说"玉阑金井牵辘轳"。辘轳本来是在轮轴上缠绕丝绳，把盛水的器具（常被称为"银瓶"）吊入深井的装置。一方面，丝绳的丝，谐音相思的"思"；另一方面，辘轳转动的样子，则好似人的心思宛转缠绵。于是，辘轳牵丝，汲取井水，就成为心情起伏、有所思念、欲通音问的象征。开篇首先用到这组意象，已在暗示主人公缠绵悱恻的思绪。此时再加上"梧桐晚"，可以说是眼前天色渐晚的梧桐树，更是韶光流逝中的梧桐。梧桐晚则黄叶落，韶光去则朱颜老，写树实是写人，树犹如此，人亦何堪。故而下文说"几树惊秋"，"几树"照应梧桐，"惊秋"则是人情了。几株衰飒的梧桐，让人惊觉在恍惚之间青春已逝秋天已来。春愁过去，又是秋思，所以是"新愁"；但新愁叠旧愁，总归仍是相思之愁。室外是细密如丝的雨帘，室内是依旧如丝的虾须帘，重重帘幕，照应着窗外景与窗内人。词的下阕便转入直接写人。韶华逝去，主人公双眉紧锁，独坐窗前，追怀远人。想要请鲤鱼帮忙传递音信，可是九曲寒波，路途艰险，作为信使的鲤鱼也不能逆流而上，正是"溯洄从之，道阻且长"。

一般评论家都认为这是一首寄托离情的佳作。如沈际飞说："何关鱼雁山水，而词人一往寄情，煞甚相关，秦、李诸人，多用此诀。"（《草堂诗余正集》）李于鳞说："上'秋愁不绝浑如雨'，下'情思欲诉寄与鳞'。观其愁情欲寄处，自是一字一泪。"（转引自唐圭璋《南唐二主词汇笺》）

有的读者在此基础上，进一步推断这是李煜想念被扣留在宋国的

46

弟弟郑王李从善而作。如俞陛云说："上阕宫树惊秋，卷帘凝望，寓怀远之思。故下阕云回首边头，音书不到，当是忆弟郑王北去而作，与《阮郎归》调同意。"（《唐五代两宋词选释》）他觉得这首词和本书前面已经讲过的《阮郎归》背景一致。

　　这是一首怀人之作是没有疑问的，要不要就确切地认定怀想的对象就是李从善呢？恐怕不能过于肯定。《阮郎归》调，除了作品本身是怀人的主题，还附有"呈郑王十二弟"这样确切的信息，我们才能作较为严格的界定。而这首《采桑子》则没有这样的依据，因此，只能说是有怀念李从善的可能，却不能说一定就如此。这首词曾经被原样照搬进明代王錂的戏曲《春芜记》（仅调名改作《罗敷令》，而《罗敷令》是《采桑子》的别名），在剧中成为女主角季清吴与她的丫鬟秋英各诵半首的台词，用来表达季清吴的秋闺幽怨。由此可见，这种怀念对象的不确定性，有时反而可能促成作品引起更广泛的解读、共鸣和应用，不见得一定就是坏事。

临江仙

　　樱桃落尽春归去，蝶翻金粉双飞。子规啼月小楼西[①]。画帘珠箔[②]，惆怅卷金泥[③]。　　门巷寂寥人去后，望残烟草低迷。炉香闲袅凤凰儿[④]。空持罗带，回首恨依依。

【注释】

　　①子规：就是杜鹃鸟。传说杜鹃是古蜀国帝王杜宇的冤魂所化，鸣声凄厉。

　　②珠箔：珠帘。

③ 金泥：用以饰物的金屑，这里指有金屑装饰的帘幕。

④ 凤凰儿：据《拾遗记》记载，周穆王有凤脑之灯，通过点燃凤凰的脑髓来照明。后世遂用凤脑作为灯油、熏香的美称，唐人就有香名为"凤脑香"。这里可能是形容炉烟缭绕的形态似凤凰翩翩飞舞。一说，凤凰儿指香炉的形状或纹饰。

【评析】

本词是一首惜春伤怀的作品。开头写樱桃花落，春天匆匆归去，是用韶光易逝暗示人的朱颜易改；金粉闪耀的蝴蝶成双飞舞，是用一抹亮色反衬人的形单影只。就是在这样孤独寂寞的时节，月下还有子规鸟在哀鸣。据明代田艺蘅《留青日札》记载："子规，人但知其为催春归去之鸟，盖因其声曰归去了，故又名思归鸟。"古人认为，子规鸟的叫声很像是在说"归去"。主人公听到这月下催归之声，不禁怅然卷帘张望。下阕的"人去后"对应着上文"春归去"的伏笔，春来春去，春归人未归，眼见又是春尽。尽管心中满怀期望，可惜门巷依旧寂寥，只望见烟草低迷而已。烟草低迷，也象征着心境的低迷。最后三句，便就势从陈述外物的寂寥转而描写内心的寂寥。炉香徒然地袅绕着丝丝缕缕的烟气，有似凤凰交飞；主人公心中亦思绪万千，却只有拿出别时留赠的罗带，睹物以怀人，回首往事，怅恨依依而已。闲袅之闲，空持之空，虽非对偶之句，却有对比之意。通篇善于借景言情，精心选取意象。

前人大多认为这首词是李煜在国都被围困的危亡时刻写下的。两宋之交的蔡絛在其《西清诗话》里记载："南唐后主，围城中作长短句，未就而城破：'樱桃落尽春归去，……望残烟草低迷。'余尝见残稿点染晦昧，心方危窘，不在书耳。艺祖云：'李煜若以作诗工夫治国事，岂为吾虏也。'"（转引自胡仔《苕溪渔隐丛话》）蔡絛只见到了一首缺失最后三句的李煜《临江仙》残稿，字迹十分潦草，他说这是李煜兵败城破，在匆忙慌乱中还没有来得及写完导致的。此说影响很大，宋葛立方《韵语阳秋》、邵桂子《雪舟脞语》都引述了蔡说，明顾起元《客座赘语》、清孙兆溎《片玉山房词话》亦持此论。与蔡绦同时代的张邦基，也记录了蔡绦获得这篇残稿的事，并且还记载，时人刘延仲已经为李煜此词补了后三句："何时重听玉骢嘶。扑帘飞絮，依约梦回时。"（《墨庄漫录》）

尽管持上述看法的人众多，而且既有亲见者，又有旁证者，但也有人提出了疑问。南宋时，胡仔就质疑蔡绦的看法，他说："余观《太祖实录》及《三朝正史》云：'开宝七年十月，诏曹彬、潘美等率师伐江南，八年十一月，拔升州。'今后主词乃咏春景，决非十一月城破时作。《西清诗话》云后主作长短句，未就而城破，其言非也。然王师围金陵凡一年，后主于围城中春间作此诗，则不可知，是时其心岂不危窘，于此言之乃可也。"（《苕溪渔隐丛话》）胡仔读书很仔细：李煜城破国亡这样的重大事件，史书记载得很清楚时间是在十一月；如果说此词是临近城破时的作品，就与词中描绘的春末夏初景象完全不协调。所以，他认为仅仅凭借潦草的字迹，不能就武断地推测末尾是城破被俘造成的结果，也有可能是在围城中的春天写下的。

此外，还有人见过并非由刘延仲补全、却完整的《临江仙》词稿。南宋陈鹄《耆旧续闻》载："蔡绦作《西清诗话》，载江南李后主《临江仙》，云：'围城中书，其尾不全。'以余考之，殆不然。余家藏李后主《七佛戒经》及杂书二本，皆作梵叶，中有《临江仙》，涂注数字，未尝不全。其后则书李太白诗数章，似平日学书也。本江南中书舍人王克正家物，后归陈魏公之孙世功君懋。余，陈氏婿也。其词云：'樱桃落尽春归去，……回首恨依依。'后有苏子由题云：'凄凉怨慕，真亡国之声也。'"陈鹄虽然比蔡绦时代略晚，但是他对这份李煜词稿本的传藏情况介绍十分清晰，看起来也不像说假话。那么，李煜此词很可能还是写完了的，只不过稿本不止一种，只是蔡絛所见的那份没有抄全。如果陈鹄的记述无误，就可以更有力地支撑胡仔通过文本细读得出的看法——这不是城破之际的作品。

当然，对陈鹄的说法也不是没有质疑。谭献就认为："末二句疑出续貂。"（转引自徐珂《历代词选集评》）他觉得此词末尾几句是他人续写的，质量不如前文。但谭献是纯粹从艺术水平的角度去揣测的，缺乏实证，这种品鉴毕竟带有不同读者的审美偏见，还是相信陈鹄的说法为上。

虽然对这首词的创作时间小有争议，但前人在以之为亡国之音这点上，却是高度一致。上文已经引述过宋代苏辙说此词"真亡国之声"的看法。元代刘壎《隐居通议》也说李煜此词反映的是"亡国衰弱之君"的气象。清末民初俞陛云《唐五代两宋词选释》亦云："升州被围一年之久，词中所云门巷人稀，凄迷烟草，想见吏民星散之状，宜其低回罗带，惨不成书也。"民国梁启勋《词学》也叹息："或谓后三句，即槛车北行时，途间所续成者也。真可谓亡国之音，然又极含蓄蕴藉之致。"

其实李煜此词，如果单纯从文字内容来说，是不能确定是否属于临近亡国时的作品的，而仅能看出是一首风格哀怨缠绵的作品。但早在先秦两汉时代，《礼记·乐记》就有"亡国之音哀以思，其民困"的说法。而《礼记》作为"五经"之一，在我国古代长期享有崇高的地位。此说突出表现了儒家认为文学、艺术可以反映社会生活的观点，深深影响了后世文人的文学观念。再加上蔡絛有关词未成而城破的记载的流行，方才合力造就了众口一词的"亡国之音"说。

虞美人

　　风回小院庭芜绿。柳眼春相续^①。凭阑半日独无言。依旧竹声新月似当年^②。　　笙歌未散尊前在。池面冰初解^③。烛明香暗画楼深。满鬓清霜残雪思难任^④。

【注释】

① 柳眼：早春初生的柳叶如人的睡眼初展。

② 竹声：箫、笛等竹制的乐器之声。

③ 解：融化。

④ 雪：花白的头发。难任：难堪，难以承受。

【评析】

　　本词是一首春日怀旧的作品。词的开篇，从春回大地说起。东风吹回庭院，芳菲绿草，柳树发芽，柳叶像人的睡眼初睁，也象征着从萧瑟凄凉闷闷不乐的情绪中迎来一点外物带来的生机。主人公凭栏无言，既是无话可说，也是无人堪诉，只有默默地欣赏着丝竹之声和皎皎新月。"似当年"三字，点出"竹声新月"所勾起的对早年生活的回忆。李煜早年的"竹声新月"是什么样的？用他自己的词来说，是"铜簧韵脆锵寒竹，新声慢奏移纤玉"（《菩萨蛮》）；是"笙箫吹断水云间，重按霓裳歌遍彻"（《玉楼春》）；是"归时休放烛花红，待踏马蹄清夜月"（《玉楼春》）。风流潇洒，长乐未央，这是李煜的早年。词的下阕，恍如一梦的往事过去了，主人公从深沉的回忆中逐渐清醒过来。笙歌仍在继续，酒杯仍在眼前，水池表面凝结的冰层渐渐融化。这一"解"，既是照应了初春的时序，更仿佛主人公的大梦方醒，随着尘封的记忆褪去，他终归又掉落到惨淡的现实生活中来了。"烛明香暗画楼深"，同样是楼阁，不再是过去"别殿遥闻箫鼓奏"那样色彩明丽的歌台舞殿、繁华院落了，而是明暗不定、幽冷深邃的锁闭空间。韶光故去，往事已矣，彻底回不来了！自己有的，只剩下岁月沧桑带来的日渐斑白的双鬓和难以承受的愁思。

此词的章法呈现出一种环形结构。上阕写春回人间，因为景色似当年而转入回忆，这是由今到昔；下阕从追想往事转回到衰朽难堪的现实，这是自昔到今。自然界的春色虽然能够重回，但自己已是满鬓霜雪，人的年华却是难回，这又是词的末尾与开头的深层呼应。

李煜此词，有的读者认为词采十分精致，是用心雕琢的结果。如明末沈际飞说："此亦在汴京忆旧乎？华疏采会，哀音断绝。"（《草堂诗余续集》）徐士俊也说："此君'花明月暗'之外，复有'烛明香暗'。"（转引自卓人月《古今词统》）他在李煜的《菩萨蛮》（花明月黯笼轻雾）词中就评点过："'花明月暗'一语，珠声玉价。"（转引自卓人月《古今词统》）这里反复提到，应该是由衷喜欢这种精巧的构词。清末民初俞陛云也注意到："五代词句多高浑，而次句'柳眼春相续'及上首《采桑子》之'九曲寒波不溯流'琢句工炼，略似南宋慢体。此词上、下段结句，情文悱恻，凄韵欲流。如方干诗之佳句，乘风欲去也。"（《唐五代两宋词选释》）因为总体来说唐五代词更浑成自然，而南宋词更雕琢精巧，俞陛云觉得李煜此词在五代词中是一个另类，一些字句有较强的雕琢和锤炼的痕迹。

但是也有称这首词拙朴的。民国时，俞平伯对此词有一段非常细致的揣摩："后主之作多不耐描写外物，此却以景为主，写景中情，故取说之。虽曰写景，仍不肯多用气力，其归结终在于情怀。环诵数过殆可明了。实写景物全篇只首二句。李义山诗：'花须柳眼各无赖。''柳眼'佳，'春相续'更佳，似春光在眼，无尽连绵。于是凭阑凝睇，惘惘低头，片念俄生，即所谓'竹声新月似当年'也。以下立即堕入忆想之中。玩'柳眼春相续'一语，似当前春景，艳浓浓矣，而忆念所及偏在春先，姿态从平凡自然之间，逗露出狡狯变幻来，截搭却令人不觉。其脉络在'竹声新月'上，盖竹声新月，固无间于春光之浅深者也，拈出一不变之景轻轻搭过，有藕断丝牵之妙。眼前春物昌昌，只风回小院而已，青芜绿柳而已，其他不得着片语，若当年，虽坚冰始泮，春意未融，然而已尊罍也，笙歌也，香烛也，画堂也，何其浓至耶。春浅如此，何待春深，春深其可忆耶。虚实之景眼下心前互相映照，情在其中矣。结句萧飒憔悴之极，毫无姿态，如银瓶落井，直下不回。古人填词结语每拙，况蕙风标举"重拙大"三字，鄙意唯拙难耳。"（《读词偶得》）俞平伯认为此词的结句可称为"拙"。"拙"是晚清民国时期常州派词人强调的词学概念之一，在不同的语境中有痴、朴、真、淳等意味。在这里，俞平伯侧重的是语言的质朴、表达的直接不做作。他觉得李煜写自己的憔悴，就是"满鬓清霜残雪"；写自己的难受，就是"思难任"，没有一点拐弯抹角、遮遮掩掩，故而激赏这种"拙"。

俞陛云与俞平伯二人是父子，深厚的家学渊源自然不在话下。但他们品味同一首词，父亲俞陛云读出了"琢句工炼"，后辈俞平伯却读出了"毫无姿态"，实在很有趣。何以理解词中这种巧与拙的并存呢？况周颐《蕙风词话》中有一则很值得参考，他说："欲造平淡，当自组丽中来。即倚声家言自然从追琢中出也。"李煜何尝没有炼字炼句和艺术加工，像"柳眼春相续"这样精致的句子自然是精心雕琢而来的，像全词细密照应的环形结构自然是用心设计的。但李煜却偏偏愿意示"拙"，他的词极少使用生僻的字词或典故，他喜欢白描，喜欢直接抒情。以他的才华，岂不能"巧"，岂不能错彩镂金雕缋满眼？非不能也，实不为也。他已经是帝王，写词不必一味取悦歌儿舞女，不必过分讨好酒客嘉宾，他只是把词作为抒发情怀的工具，所以他总是把艺术锤炼的过程与痕迹尽可能抹去，而让人感到真情的流露。

乌夜啼

　　昨夜风兼雨，帘帏飒飒秋声。烛残漏滴频欹枕^①，起坐不能平。　　　世事漫随流水，算来一梦浮生。醉乡路稳宜频到，此外不堪行。

【注释】

　　① 漏滴：漏壶，也称"漏刻"，是古代利用滴水多寡来计量时间的一种仪器。漏壶中插入一根标杆，称为"箭"。箭下用一只箭舟托着，浮在水面上。水流出或流入壶中时，箭下沉或上升，借以指示时刻。前者叫沉箭漏，后者叫浮箭漏，统称"箭漏"。漏滴，就是漏壶中的水点不断滴下，在此用以表现时间的推移。

【评析】

　　此词调名《乌夜啼》，双调四十七字，前后段各四句两平韵，是《乌夜啼》的本调。此外，《乌夜啼》又是词调《相见欢》的别名。李煜另有两首有名的《乌夜啼》"林花谢了春红"与"无言独上西楼"，其实都是《相见欢》调，双调三十六字，前段三句三平韵，后段四句，两仄韵两平韵，与此调的格律不同。

　　本词是一首表现生活极度苦闷的作品。词的上阕，回忆了昨夜失眠的情状。作者在开篇就营造了一片衰飒凄凉的气氛，昨夜风雨交加，秋声作响。欧阳修《秋声赋》说："初淅沥以萧飒，忽奔腾而砰湃，如波涛夜惊，风雨骤至。其触于物也，铮铮铮铮，金铁皆鸣；又如赴敌之兵，衔枚疾走，不闻号令，但闻人马之行声。……此秋声也，胡为而来哉？盖夫秋之为状也：其色惨淡，烟霏云敛；其容清明，天高日晶；其气栗冽，砭人肌骨；其意萧条，山川寂寥。故其为声也，凄凄切切，呼号愤发。丰草绿缛而争茂，佳木葱茏而可悦；草拂之而色变，木遭之而叶脱；其所以摧败零落者，乃其一气之余烈。”秋声，不仅仅是代表着自然季节变化的秋风秋雨之声，更是萧条之声、寂寥之声、肃杀之声。所以，室内飘荡无主的帘帷之声也是秋声，火焰明灭烛花毕剥之声仍是秋声，清冷寂静中的漏壶滴响还是秋声。在一片孤寂中，有万籁千声触动着主人公的心绪，使人辗转难眠。

词的下阕，则直抒由此一夜难眠而引发的感慨。昨夜究竟是什么“不能平”？说来说去，终归是心中的“世事”罢了。多少红尘往事，都如流水般成了为过往，主人公只觉得人生像一场大梦一样。《金刚经》云：“一切有为法，如梦幻泡影，如露亦如电，应作如是观。”李煜是笃信佛教的，据陆游《南唐书》记载：“（李煜）酷好浮屠，崇塔庙，度僧尼不可胜算。罢朝辄造佛屋，易服膜拜，以故颇废政事。”所以，信佛的李煜很容易就产生这种“一梦浮生”的念头。面对这样的人生，要如何排遣，古人的应对方法之一就是及时行乐。李白《春夜宴桃李园序》说：“浮生若梦，为欢几何？古人秉烛夜游，良有以也。……幽赏未已，高谈转清。开琼筵以坐花，飞羽觞而醉月。”在放旷潇洒的李白看来，行乐的方式是很多的，诗酒清谈，无一不可。但在懦弱悲感的李煜看来，除了饮酒麻醉自己，他已经找不到任何其他解脱痛苦的出路了。在词的末尾，“醉乡宜频到”与“此外不堪行”是一组对比，更加突出主人公悲凉痛苦的深重。

对于此词，后世有认为态度消极与积极的两重看法。

比较主流的，是认为李煜此作太过消极，完全是逃避困难。詹安泰就特别批评此词的下阕："不仅是感到生活的威胁，简直是意图逃避当时的现实生活了，这里的'醉乡'是有意识地作为麻醉的场所，和前期的'同醉与闲平，诗随羯鼓成'（《子夜歌》）的境界显然是不同的。"（《李璟李煜词校注》）

但也有认为李煜的态度存在积极意义的。唐圭璋说："此首由景入情，写出人生之烦闷。夜来风雨无端，秋声飒飒，此境已令人愁绝，加之烛又残，漏又断，伤感愈甚矣。'起坐不能平'句，写尽抑郁塞胸，展转无眠之苦。换头，承上抒情，言旧事如梦，不堪回首。末两句，写人世茫茫，众生苦恼，尤为沉痛。后主词气象开朗，堂庑广大，悲天悯人之怀，随处流露。王静安谓：'道君不过自道身世之戚，后主则俨有释迦、基督担荷人类罪恶之意。'其言良然。"（《唐宋词简释》）唐先生从此词中竟读出了"气象开朗"，乃至"悲天悯人"的情怀。这是受到王国维的启发，主要从佛教义理的角度去品读的。唐先生由"世事漫随流水，算来一梦浮生"两句引发了感慨，认为此中有彻悟人生之苦谛的味道。

此外，还有折中派。俞陛云说："此调亦唐教坊曲名也。人当清夜自省，宜嗔痴渐泯，作者转起坐不平，虽知浮生若梦，而无彻底觉悟，惟有借陶然一醉，聊以忘忧。此词若出于清淡之名流，善怀之秋士，便是妙词。乃以国主任兆民之重，而自甘颓弃，何耶？但论其词句，固能写牢愁之极致也。"（《唐五代两宋词选释》）俞陛云就觉得李煜并没有真正参透佛理。因为李煜尽管感到浮生若梦，却还是不能彻底放下俗世，所以仍旧感到痛苦，不过是借酒忘愁。如果只是一般的文人墨客，李煜可算得上性情中人；但是作为一个皇帝，他却是太不负责任了。

老实说，李煜词的本意，确实是很消极的。他痛苦至极，只想着借酒浇愁躲在醉乡里回避现实，主观上根本没有什么承担人类罪恶的意思。至于由"浮生若梦"两句生发的种种带有超越性的文本解读，更多的还是读者凭着自己的倾向，在剥离作者的原意后，对个别词句所做的阐释和题外发挥。王国维大概算是用佛理来解读李煜词的发明者了吧，他在论词中的三种境界时曾说："此等语皆非大词人不能道。然遽以此意解释诸词，恐为晏欧诸公所不许也。"（《人间词话》）把这段话移来评判对李煜这首《乌夜啼》的那些借题发挥，也是可以的。

破阵子

　　四十年来家国①，三千里地山河②。凤阁龙楼连霄汉③，玉树琼枝作烟萝④。几曾识干戈⑤。　　一旦归为臣虏，沈腰潘鬓销磨⑥。最是仓皇辞庙日⑦，教坊犹奏别离歌⑧。垂泪对宫娥。

【注释】

　　①四十年：徐知诰（后改名李昪）于公元937年建立齐国，939年改国号为唐，史称南唐，至975年被宋所灭，政权前后存在了近四十年。

　　②三千里地：据马令《南唐书》记载，南唐共三十五州之地，在当时号为大国，此处的三千里地是泛指南唐的广阔疆域。

　　③凤阁龙楼：形容华丽的宫殿。霄汉：天上的银河，这里借指天空。

　　④玉树琼枝：形容树木华美。烟萝：草树茂密，烟聚萝缠，谓之"烟萝"。

　　⑤干戈：干是盾牌，干、戈都是兵器，这里代指战争。

　　⑥沈腰：《梁书·沈约传》记载沈约给朋友徐勉写信，说自己"百日数旬，革带常应移孔；以手握臂，率计月小半分。以此推算，岂能支

久？"后因以"沈腰"作为腰围瘦减的代称。潘鬓：晋潘岳《秋兴赋》序说"余春秋三十有二，始见二毛。"二毛是头白有二色，后因以"潘鬓"谓中年鬓发初白。这里是借用"沈腰潘鬓"，形容身体消瘦、头发斑白。

⑦ 辞庙：辞别祖庙。《礼记》载"天子七庙"，是古代帝王供祀祖先的地方。这里用辞别祖庙，委婉地表达家国沦亡，无法再到祖庙祭祖。

⑧ 教坊：管理宫廷音乐的官署。

【评析】

本词是李煜亡国后回忆故国沦丧的作品。词的上阕堪称大笔濡染，开头两句分别从时间和空间的角度，概括了南唐近四十年的历史和辽阔的疆域。接下来两句则用带有夸饰性的笔墨，描绘了故国的繁华盛丽。这样一派美好安乐的景象，这样一位从小锦衣玉食的帝王，哪里真正见识过兵戈杀伐的血腥战场呢。"几曾识干戈"五字，颇能道出李煜的境况。即使在都城金陵被包围的危急关头，据陆游《南唐书》记载："后主方幸净居室听沙门德明、云真、义伦、崇节讲《楞严》《圆觉》经。用鄱阳隐士周惟简为文馆《诗》《易》侍读学士，延入后苑，讲《易·否》卦，赐惟简金紫。群臣皆知国亡在旦暮，而张泊犹谓北师已老，将自遁去。后主益甘其言，晏然自安，命户部员外郎伍乔于围城中放进士孙确等三十八人及第。"李煜看到兵临城下，还迷信别人哄骗安慰他的话，还以为会否极泰来，敌人会自行退去。他作为一个皇帝，实在是过于天真了。所以王国维说："词人者，不失其赤子之心者也。故生于深宫之中，长于妇人之手，是后主为人君所短处，亦即为词人所长处。"（《人间词话》）李煜过去只识得深宫之中的凤阁龙楼、玉树琼枝，所以到了亲历国破家亡的心灵冲击之后，也就分外震惊于残酷的战争，写出了分外惊心动魄的词作。词的下阕情绪急转直下，上文铺叙的四十年繁华一朝破灭，昔日帝王成了别人的俘虏，整天只能在愁苦中生活，日渐憔悴。最后三句更刻画了一个细致的场景，李煜在仓皇之中辞别宗庙永别先祖，就要踏上做臣虏、做亡国之君的路途了，而平常笙歌不断的教坊，还演奏出别离的歌曲。他不禁对着这些代表了过往繁华的宫女流下热泪，痛惜社稷不保。

此词的章法非常出色，上阕用寥寥数笔综述了四十年、三千里之广远，下阕则集中全力写仓皇辞庙的一旦，极尽开阖缩放之能事。在西欧的新古典主义戏剧中，曾经有"三一律"的规则，即讲究时间、地点、情节的高度统一，往往将戏剧冲突集中到一天之内、一个地点来表现。李煜这首词，正与此法则暗合，他将国破家亡的重大矛盾，集中浓缩到辞庙这天的场景中来展现，由此产生了强烈的艺术感染力。

对于这首词，前人议论纷纷，大打笔墨官司。

一种是批评李煜不该挥泪对宫娥的。苏轼说："后主既为樊若水所卖，举国与人。故当恸哭于九庙之外，谢其民而后行，顾乃挥泪宫娥，听教坊离曲。"（《东坡志林》）南宋洪迈先是引述了苏轼的说法，更加以附和："予观梁武帝启侯景之祸，涂炭江左，以致覆亡，乃曰'自我得之，自我失之，亦复何恨'。其不知罪己，亦甚矣！"（《容斋随笔》）南宋萧参将李煜此词和项羽的《垓下歌》相比较，说："歌辞凄怆，同归一揆。然项王悲歌慷慨，犹有喑呜叱咤之气，后主直是养成儿女子态耳。"（王士禛原编、郑方坤删补《五代诗话》引《希通录》）他们普遍批评李煜身负亡国大恨，既愧对黎民百姓，也愧对祖宗社稷，却缺乏责任感与担当精神，对着宫女哭哭啼啼，有失君王的风度。

一种是承认泪别宫娥不是什么壮举，但仍然同情李煜的。清代尤侗在读《东坡志林》的笔记中引述苏轼之说，然后写道："然不独后主然也。安禄山之乱，明皇将迁幸，复登花萼楼置酒，四顾凄怆，乃命进玉环琵琶弹之，时美人善歌从者三人，使一人歌《水调》……当是时，渔阳鼙鼓惊破霓裳，天子下殿走矣，犹恋恋于梨园一曲，何异挥泪对宫娥乎？后主尝寄旧宫人书云：'此中日夕只以眼泪洗面。'而旧宫人入掖庭者，手写佛经为李郎资冥福。此种情况，自是可怜。乃太宗以'小楼昨夜又东风'词置之死地，不犹炀帝以'空梁落燕泥'杀薛道衡乎。"（《西堂杂俎》）尤侗认为即使是一代英主的唐玄宗，遇到安史之乱，即将逃难了还眷恋听歌，和李煜也差不多。李煜遭遇国破家亡，不过是个伤心动情的可怜人。

一种是认为泪别宫娥之事不可信，进而为李煜开脱的。南宋袁文同样先引述了苏轼的说法，但却做了这样的判断："余谓此决非后主词也，特后人附会为之耳。观曹彬下江南时，后主豫令宫中积薪，誓言若社稷失守，当携血肉以赴火，其厉志如此。后虽不免归朝，然当是时，更有甚教坊，何暇对宫娥也？"（《瓮牖闲评》）袁文认为兵荒马乱之际，哪里还有什么教坊，不但否认李煜泪别宫娥，甚至认为此词是伪作，不是李煜写的，而是出自后人附会。

明末清初毛先舒对苏轼之说作了案语："此词或是追赋。倘煜是时犹作词，则全无心肝矣。至若挥泪听歌，特词人偶然语。且据煜词，则挥泪本为哭庙，而离歌乃伶人目煜辞庙而自奏耳，岂必果如项籍之饮帐中□□之别华容邪。"（《南唐拾遗记》）毛先舒认为李煜可能是事后追记亡国时才写了此词，而且是因为拜别祖庙而挥泪，不是专门去辞别宫娥，只不过当时恰好有伶人奏乐而已。

还有一种，是承认李煜泪别宫娥，却加以赞赏的。清梁绍壬说："南唐李后主词：'最是仓皇辞庙日，不堪重听教坊歌，挥泪对宫娥。'讥之者曰：'仓皇辞庙，不挥泪于宗社，而挥泪于宫娥，其失业也，宜矣。'不知以为君之道责后主，则当责之于在位之日，不当责之于亡国之时。若以填词之法绳后主，则此泪对宫娥挥为有情，对宗社挥为乏味也。此与宋蓉塘讥白香山诗，谓忆妓多于忆民，同一腐论。"

(《两般秋雨庵随笔》)梁绍壬是从文学艺术的角度去评价这首词作的，他认为词主要是用来抒情的，而不是用来讲道理谈政治的，泪别宫娥的描写，恰恰证明李煜是个有情之人，此词也是含情动人之作。

虽然聚讼纷纷，但如果就词论词，毛先舒的推敲是最符合原文意思的。李煜词中说了"沈腰潘鬓销磨"，既然是"销磨"，就绝非一日，所以此词定然是过了一定的时间后再追忆写成的。而且李煜也强调，当天的中心事件是"辞庙"；至于"别离歌"，则是"犹奏"，一个"犹"字说明那不过是适逢其会、加重感伤而已。

望江梅

闲梦远，南国正芳春。船上管弦江面渌^①，满城飞絮辊轻尘^②。忙杀看花人^③。

【注释】

① 渌：清澈。

② 辊：像车轮般快速转动。

③ 忙杀：杀，有时也作"煞"，副词，用在谓语后面，表示程度之深。忙杀，即忙极、很忙。

【评析】

本词是李煜入宋后回忆故国美好春景的作品。

词调《望江梅》，又名《忆江南》《谢秋娘》《江南好》《春去也》《望江南》《梦江南》《梦江口》《安阳好》《梦仙游》《步虚声》《壶山好》《望蓬莱》《归塞北》，其中较为常见的名字是《忆江南》。

该调的体式，有作单调二十七字，五句三平韵的；也有作双调五十四字，前后段各有五句三平韵的，其实就是把单调加一倍，变成双调。

在有的李煜词版本中，这首词和下一首《望江梅》（闲梦远南国正清秋）被合并成了一首双调词，即原先的两首词各自成为了词中的上下阕。这种做法，不太符合唐宋词调发展的整体规律。据宋王灼《碧鸡漫志》记载："予考此曲，自唐至今，皆南吕宫，字句亦同。止是今曲两段，盖近世曲子无单遍者。"王灼生活在两宋之交，他说的"近世曲子无单遍者"是指宋代的情况。这就意味着词调《忆江南》分作"两段"是宋代以后的事，而在更早的唐五代时期，该词调只有一段。李煜主要是五代时期人，他的《望江梅》自然也应该是只有一段的单调。何况这两段《望江梅》，所押的韵也各自不同；而宋朝人的《忆江南》即使是双调体，押韵也是前后一致的。所以，本书遵从分列两首《望江梅》的做法。这两首词，一首写春景，一首写秋景，虽然思想内容有很高的相关性，但只是同调词的联章体，而不是一首双调词。李煜另有《望江南》（多少恨）、《望江南》（多少泪），也是一样的情况。

这首词开头说"闲梦远"，一个"闲"字，透露了李煜当时的生活状况是无事可做捱日子，充满闲愁闲绪。明末徐士俊就说："后主归宋后词，常用'闲'字，总之闲不过耳，可怜。"（转引自卓人月《古今词统》）"梦远"与"南国"搭配起来，可知南国已经是在远方了，由此便知李煜此词是在北方所写，也就是他亡国入宋之后的作品。南国的春天是"芳春"，是芬芳美好的春天。江水清澈，江上舟摇，舟中美人还吹弹着美妙的音乐。李白说："木兰之枻沙棠舟，玉箫金管坐两头。美酒樽中置千斛，载妓随波任去留。"（《江上吟》）许多文人向往的快活风流，也正是这样的场景吧。芳春是春城无处不飞花的芳春，金陵是紫陌红尘拂面来的金陵，待到飞絮茫茫春色渐晚，正是飞花无数的时节。繁华热闹，迷人眼目，车马喧腾，游人如织，可不是忙坏了惜春爱春的看花人吗？

全词都是描写南国春景之美，但越是美好，越应该联系李煜入宋之后的落寞凄凉来理解本词。这只是一次"故国梦重归"罢了，是想象，是虚写。李煜只有在梦中，才能回到这样美好的江南了。

望江梅

闲梦远，南国正清秋。千里江山寒色远，芦花深处泊孤舟①。笛在月明楼。

【注释】

①芦花：实际上是芦絮，芦苇花轴上密生的白毛。

【评析】

本词是李煜入宋后回忆故国秋景的作品。词的开头点明是梦回南国的秋天，而修饰的关键词是"清"，因而下文都是围绕着"清"来写的。千里南国的江山，处在一片清寒的秋色中。江岸有弥漫的芦花，芦花雪白的颜色就衬托着清冷。而在芦苇丛中，又停泊着一艘孤舟。只说了孤舟，没有写人物，也不知它的主人是遗世高蹈的蓑笠翁，还是漂泊世间的天涯客，但总归清旷深远的气象已足。词的前面都是寂静无声的场景，到最后却说"笛在月明楼"。在清冷的月色下，有人在楼中吹笛，这是于无声处听清响，是有声更衬无声，愈加给人一片清旷之感。唐人赵嘏说："云物凄凉拂曙流，汉家宫阙动高秋。残星几点雁横塞，长笛一声人倚楼。紫艳半开篱菊静，红衣落尽渚莲愁。

鲈鱼正美不归去，空戴南冠学楚囚。"（《长安晚秋》）李煜正是一位不能归去江南的楚囚呀！于清秋旷野、相思明月中，主人公登危楼远望，这一声长笛，寄寓了多少思绪。李煜在这场远梦中，是想泛舟五湖逃脱人间杀伐、政治险恶，还是因为自己远离故国孤栖北方而落寞感伤？我们都不便指实。但词中清冷色调下的那一份悲凉的意绪，却是分明地显露了出来。

此词是由大至小的章法，先从千里江山，到芦花一片，再至孤舟一叶，乃至孤笛一支。清陈廷焯就说："寥寥数语，括多少景物在内。"（《词则》）李煜把无数图景、无数相思，逐步收缩，凝聚到长笛一声中，故国情味，跃然纸上。

望江南

多少恨，昨夜梦魂中。还似旧时游上苑①，车如流水马如龙②。花月正春风。

【注释】

① 上苑：皇家的园林。

② 马如龙：《周礼·夏官·廋人》载"马八尺以上为龙"，因以"龙马"指骏马。《东观汉记·明德马皇后传》有"车如流水，马如游龙"之句。

【评析】

本词是李煜入宋后回忆故国繁华的作品。此词起笔便说无尽之恨。所谓"多少"，似问而非问，想说的就是不知道有多少。而此恨从何来？从"昨夜梦魂中"来。昨夜梦见了什么？梦见繁华美丽的苑囿，梦见车水马龙的队伍，最后定格在花好月圆春风得意的时节，一切仿佛都是那么美好。但这种种美好，却有一个"还似旧时"的总限定。说"似"，就意味着是不真实的，只是昨夜南柯一梦而已；说"旧时"如此，言下之意就说明现在已经不再是如此了。后三句极力倾诉旧时的美好，不涉及半句今日之恨。但梦中有多少美好，梦醒时就有多少伤心和失意。盛衰之变，今昔之感，都在不说之中自然流露了出来。明末清初王夫之曾说："以乐景写哀，以哀景写乐，一倍增其哀乐。"（《姜斋诗话》）李煜这首词，正是以乐景写哀情的典范，字面上大段都是乐景，但让人感到的却是他的亡国之恨。所以，清陈廷焯为此词所加的眉批就说："后主词，一片忧思，当领会于声调之外，君人而为此词，欲不亡国也得乎？"（《词则》）

望江南

多少泪，断脸复横颐①。心事莫将和泪说，凤笙休向泪时吹②。肠断更无疑。

【注释】

①颐：颊，腮，下巴。

②凤笙：汉应劭《风俗通》对于"笙"的记载说："长四寸、十二簧、像凤之身，正月之音也。"因称笙为"凤笙"。

【评析】

本词是李煜入宋后倾诉痛苦的作品。这首词和前一首词以乐景写哀的笔法大不一样，完全是直抒哀情。断脸横颐，是泪流满面、纵横交错的样子，可见主人公极度伤心。为了何事而伤心呢？作者却不说。非但不说，而且还刻意强调在此泪眼婆娑之时千万不要说心事，也不要吹奏凤笙，激烈而又沉痛的情绪一层加重一层。因为一旦说起，一旦吹奏，必定肠断欲绝啊！

此词以"多少泪"起篇，词中反复说"泪"。李煜曾经向一同被俘虏到宋国的旧日宫人写信诉苦："此中日夕，只以眼泪洗面。"（王铚《默记》）这首《望江南》，正是这种带着亡国之恨而整日以泪洗面的凄凉生活的写照。

这首词与上一首《望江南》（多少恨）是联章体，可以参互起来读。前词之恨，恨在旧时生活不再；后词则只是反复含恨说泪而不肯说破心事，但心事实际上已经由上一首词交待过了。两首词都以真情一气贯注，前者直说梦，后者直说泪，两词都不直接提国破家亡的惨变。因为不忍提，不忍说，情感反而显得愈加浓挚。

乌夜啼

林花谢了春红①。太匆匆。无奈朝来寒雨晚来风。 胭脂泪。留人醉。几时重。自是人生长恨水长东。

【注释】

①谢：辞去。

【评析】

本词是李煜人生后期即景抒怀的作品，一般都认为是入宋以后写的。此词的上阕侧重描摹物态，但物态之中又含人情。开篇讲林花凋谢的自然现象。但作者所用的"谢"字，本就有"去"的意思，又可以解释为辞别、辞去之意。配合下文的"匆匆"二字，就使得上文的花谢一事染上了人情味。主人公在心底暗自叹息：花谢为什么这么决绝，为什么辞别得这么匆匆忙忙呢。仿佛林花本是懂事含情的，应该依依惜别才对。这原是作者自恨花落，却移情于花。然而诀别又实出于无奈，无奈于林间风刀雨箭的摧残，无奈于世间朝暮不休的寒意。

词的下阕侧重叙写人情，但人情之中又见物象。泪湿胭脂的美人，定是含情脉脉地相挽留，怎能不使人留连沉醉。这里美人泪染胭脂的意象，又正照应着上阕被雨水打湿的林花，似人亦似花。但纵使留醉，人也终归不得不要辞别，花也终归无可奈何地凋零。这美好的际遇何时才能再来？逝者如斯，只怕是再也没有机会了。在这一去不回的似水年光中，一切美好都不可挽回，只落得人生长恨而已。全词情景交融，写花写人两相合一，突出表现了美好事物逝去的无奈与惆怅。王国维是非常欣赏李煜的，而他自己也有词云："最是人间留不住，朱颜辞镜花辞树。"（《蝶恋花》）王国维这句词，可以说是对李煜这首《乌夜啼》主题精神的高度浓缩和提炼了。

此词虽短小，而其中颇有章法顿挫的妙处，民国俞平伯对此辨析入微："此词五段若一气读下，便如直头布袋，煮鹤焚琴矣。必须每韵作一小顿挫，则调情得而词情即见。词之致佳者，二者辄融会不分，此固余之前说也，得此而愈明。此词全用杜诗'林花著雨燕支湿'，却分作两片，可悟点化成句之法。上片只三韵耳，而一韵一折，犹书家所谓'无垂不缩'，特后主气度雄肆，虽骨子里笔笔在转换，而行之以浑然元气。谭献曰：'濡染大笔'，殆谓此也。首叙，次断，三句溯其经过因由，花开花谢，朝朝暮暮，风风雨雨，片片丝丝，包孕甚广，试以散文译之，非恰好三小段而何？下片三短句一气读。忽入人事，似与上片断了脉络。细按之，不然。盖'春红'二字已远为'胭脂'作根，而匆匆风雨，又处处关合'泪'字。春红着雨，非胭脂泪欤，心理学者所谓联想也。结句转为重大之笔，与'一江春水'意同，而此特沉着。后主之词，兼有阳刚阴柔之美。"（《读词偶得》）

此外，对这首词的评价，还存在两种不同的看法。其一，是认为此词缺乏寄托。晚清陈廷焯对此词的眉批云："后主词凄惋出飞卿之右，而骚意不及。"（《词则》）对于"骚意"，汉代王逸《离骚序》说："《离骚》之文，依《诗》取兴，引类譬谕，故善鸟香草，以配忠贞；恶禽臭物，以比谗佞；灵修美人，以媲于君。"陈廷焯所强调的"骚意"，就是指像《离骚》那样用香草美人别有寄托的意趣。他觉得李煜此词虽然凄惋动人胜过温庭筠，但是比不上温庭筠词有比兴寄托。

其二，是认为此词其实别有寄托的。清末民初俞陛云说："后主为樊若水所卖，举国与人。词借伤春为喻，恨风雨之摧花，犹逆臣之误国，迨魁柄一失，如水之东流，安能挽沧海尾闾，复鼓回澜之力耶！"（《唐五代两宋词选释》）俞陛云认为李煜是借风雨摧花、水之东流，隐喻国破家亡无可挽回。

讲究词要有寄托，是在晚清民国时代，由常州词派所倡导的重要词学观念。该派创始人、清代中后期的张惠言在他编的《词选》里，曾经评价温庭筠的一些作品有"《离骚》初服之意"。自此以后，讲温庭筠词有《离骚》般的寄托就成为了流行的说法。温庭筠词究竟有没有寄托，在这里我们姑且不辩，李煜此词到底有没有寄托呢？

一方面，李煜这首词不一定就像俞陛云说的那样有确切对应的本体和喻体关系。换句话说，就是我们很难证实李煜在主观上一定有把破灭的南唐比喻为林花与江水的自觉。另一方面，李煜又确实是带着追惜和怅恨的情绪来写的。不过，他没有把这种情绪过度具体化，而只是以林花为喻，去描写美好事物的逝去不可挽回。这个美好事物，究竟还有没有代表其他的什么，他是没有说明的。这就使得此词拥有了很强的文本潜能和解释空间，用詹安泰先生的话说，是"个别而带有一般的性质，不局限于这一事件"（《李璟李煜词校注》）。由于"个别"的林花，同时可以泛化成带有普遍性的美好事物，不同的读者完全可以各取所需，把此词理解为对任意美好事物的追惜。解释为对故国的追惜，自然也可以涵盖在其中。清代常州派词论家周济说："夫词非寄托不入，专寄托不出，一物一事，引而伸之，触类多通。"（《宋四家词选目录序论》）李煜此词，大概就可以算是并非刻意寄托，但是又能"触类多通"的作品吧。

子夜歌

人生愁恨何能免。销魂独我情何限^①。故国梦重归。觉来双泪垂。　　高楼谁与上。长记秋晴望。往事已成空。还如一梦中。

【注释】

　　① 销魂：谓灵魂离开肉体，形容极其哀愁。南朝梁江淹《别赋》："黯然销魂者，唯别而已矣。"

【评析】

　　本词是李煜入宋以后抒发亡国哀思的作品。词的开篇就给出一个感伤的基调，人生没有人能免于愁恨。不过主人公已经有这样的认识和觉悟，似乎可以坦然或者至少是淡然面对世事了吧？第二句却是一个反转，一般的愁苦也没有什么，唯独我的愁恨特别深重、令人销魂。这是明知人生难免有愁，仍然难以忘怀的极深的愁，是加重一层的写法。俞陛云就说："起句用翻笔。明知难免，而我自消魂，愈觉埋愁之无地。"（《唐五代两宋词选释》）有了前两句这样的铺垫，读者不禁就会好奇，这究竟是什么样的愁？作者这时才正式倾吐，是"故国"之愁。主人公梦回故国，这中间省略了故国的种种美好，但我们只消读李煜的几首描绘梦中故国的《望江梅》《望江南》，就能更好地感知了。作者略过梦中之境后，直接跳跃到了梦醒，一切瞬间又都失去了，不禁令人潸然泪下。即使没有读过其他的李煜词，仅由醒后的状态，读者也足以感到梦中的故国该是何等的美好才会造成这等的失落。

下阕的开篇，似梦非梦，似今非今，似问非问。高楼既是今日之高楼，也是昔日之高楼。梦回昔日登楼，自当是有人相随；可今日高楼，还有谁一同登临？今日之楼，已非南国之故楼；今日之人，已非帝王之故吾。只怕是昔人不在，无人相伴了。"谁与上"，看似一问，实为一叹。尽管还久久地记得当年秋高气爽、晴空远望的清朗开阔，但反衬的却是今日登楼遥思故国的落寞凄凉。往事皆已成空，繁华荡然无存，旧人、旧事、旧楼再也不可复得，这种巨大的落差冲击到心头，使得李煜感到人生直如梦幻一般不真实。唐圭璋对此有妙评："上下两'梦'字亦幻，上言梦似真，下言真似梦也。"（《唐宋词简释》）

前人大都很称赞此词感人至深的故国之思。清陈廷焯就感叹："回首可怜歌舞地。悠悠苍天，此何人哉！"（《云韶集》）陈廷焯的两句评论，都是直接借用了古人的诗句，来慨叹词中的国破之悲。前者来自杜甫的《秋兴》（其六）："瞿唐峡口曲江头，万里风烟接素秋。花萼夹城通御气，芙蓉小苑入边愁。朱帘绣柱围黄鹄，锦缆牙樯起白鸥。回首可怜歌舞地，秦中自古帝王州。"这是杜甫亲历安史之乱，漂泊西南流寓夔州时所写，是在唐王朝由盛转衰后诗人回首昔日长安繁华的作品。后者来自《诗经·王风·黍离》："彼黍离离，彼稷之苗。行迈靡靡，中心摇摇。知我者，谓我心忧。不知我者，谓我何求。悠悠苍天，此何人哉！彼黍离离，彼稷之穗。行迈靡靡，中心如醉。知我者，谓我心忧。不知我者，谓我何求。悠悠苍天，此何人哉！彼黍离离，彼稷之实。行迈靡靡，中心如噎。知我者，谓我心忧。不知我者，谓我何求。悠悠苍天，此何人哉！"这是在周王朝因为动乱而被迫东迁后，东周的大夫路过西周都城故地，看到当年的宗庙宫室，都成了长满禾黍之地，感伤西周的颠覆而写的。

但也有少数人对此持批评态度的。宋代马令《南唐书》说："及属皇朝，普天之下莫不翘首太平。而（李煜）犹窃土贼民十有六年，外示柔服，内怀僭伪，岂非所谓逆命者哉。及其计穷势迫，身为亡虏，犹有故国之思，何大愚之不灵也若此。"随后附有原注："后主乐府词云：'故国梦初归，觉来双泪垂。'……皆思故国者也。"他说李煜写词思念故国是大愚，是冥顽不灵。这就完全是马令站在宋朝臣子的政治立场上来看问题了，丝毫没有考虑词的艺术美。

浪淘沙

往事只堪哀。对景难排[①]。秋风庭院藓侵阶。一任珠帘闲不卷，终日谁来。　　金琐已沉埋[②]。壮气蒿莱[③]。晚凉天净月华开。想得玉楼瑶殿影，空照秦淮。

【注释】

① 排：排遣。

② 金琐：指金锁甲，一种缀以金线的细铠。一说指东吴时用于封锁

长江的铁链。还有说指南唐旧日宫殿的，似不如前两种带有军事意象色彩的解释为佳。

③蒿莱：野草，杂草。这里形容壮气已经消散埋没在草野之中。

【评析】

本词是李煜入宋后怀念故国的作品。

词调《浪淘沙》，又名《浪淘沙令》《曲入冥》《卖花声》《过龙门》《炼丹砂》。"唐人《浪淘沙》本七言断句，至南唐李煜始制两段令词，虽每段尚存七言诗两句，其实因旧曲名，另创新声也。"（《钦定词谱》）唐朝人也写过不少《浪淘沙》，但我们能见到的都是些七言绝句体。直到李煜的作品，《浪淘沙》才开始呈现为长短句的词。李煜集中现存两首，都是双调五十四字，前后段各五句、四平韵。

词的开头就是极为直接的抒情，往事徒然让人哀伤，气氛已经是十分沉闷。第二句却还在哀伤之上再加一层郁结，说对景也难以排遣。人每当情郁于中，常用的解决办法之一是借景散怀，就像柳宗元《永州八记》所叙的那样游历风景排遣愁绪。而词中这里的"景"，既是主人公期望借以散怀的风景，又是他实际所面对的今日光景。在现实之中，主人公没有什么游山玩水、散心遣怀的机会，他所拥有的"景"，就是接下来几句所描绘的惨淡场景：庭院空旷寂寥，由于门可罗雀，苔藓都长到了台阶上，而人则在秋风瑟瑟中虚度岁月。任由珠帘不卷地挂着也没有关系，反正整天也没有人来拜访。这几句，正是李煜对自己被软禁的苦况的真实写照。据宋代王铚《默记》记载："徐铉归朝，为左散骑常侍，迁给事中。太宗一日问：'曾见李煜否？'铉对以'臣安敢私见之'。上曰：'卿第往，但言朕令卿往相见可矣。'铉遂径往其居，望门下马，但一老卒守门。徐言：'愿见太尉。'卒言：'有旨不得与人接，岂可见也。'铉云：'我乃奉旨来见。'老卒往报。徐入，立庭下久之。老卒遂入取旧椅子相对。铉遥望见，谓卒曰：'但正衙一椅足矣。'"徐铉原是南唐大臣，入宋后，他作为一般臣子，凭借才华可以在宋朝继续做官。但原先的君主李煜却是被严加看管的，不允许与任何人有私下接触，徐铉还是奉了宋太宗的旨意才敢偶然探访，由此可见李煜日常生活的孤寂。又宋司马光《涑水记闻》载："彬入金陵，李煜来见，彬给五百人使为之运宫中珍宝金帛，唯意所取，曰：'明日皆籍为官物，不可复得矣。'时煜方以亡国忧愤，无意于蓄财，所取不多，故比诸降王独贫。"李煜亡国时，带走自存的钱财不多，因此入宋后不光门庭冷落，在经济上比起其他降王也都要拮据。对着永州的清幽山水，柳宗元都嫌弃"其境过清，不可久居"（《至小丘西小石潭记》）；对着这样凄凉、落寞乃至困窘的光景，李煜哪里能排遣开哀愁呢？

下阕开头两句，实有互文的意味。"金琐"所代表的军事意象，正是"壮气"的具象物。壮气与斗志都随着金琐沉埋在荒烟野草中了，最后的抵抗失败了，国家独立自强的希望彻底落空。下阕埋葬壮怀的蒿莱，正照应着上阕的侵阶苔藓。凌云壮气终于堕化为沉沉暮气，在暮气之中迎来月净天开，算是作者在惨淡之中又微微点染了一丝亮色与期望。但这些许亮色就好似行将就木之人的回光返照，主人公借此月光，梦回南唐，照见无主秦淮、无人宫殿，只是终究可梦而不可即，徒增今昔之叹而已。上文已讲了面对现实之景，愁绪难排；结尾则是对梦想之景，愁绪仍然难排。全词在章法上，上阕侧重描述日间的境况，下阕则转而写入夜之境，但又上下照应，笔笔勾连，意脉不断，总归是日夜"堪哀"。

李煜抒发亡国之恨的作品，大都十分凄婉，此词就有"凄"的一面。像晚清民国俞陛云说："薛阶帘静，凄寂等于长门。'金锁'二句有铁锁沉江、王气黯然之慨，回首秦淮，宜其凄咽。"（《唐五代两宋词选释》)他就一再点出词中的"凄寂""凄咽"。

但还有的评论家认为,此词同时也有阳刚劲健的一面。晚清陈廷焯说:"起五字凄婉,却来得突兀,故妙。凄恻之词而笔力精健,古今词人谁不低首。"(《云韶集》)陈廷焯就注意到此词在"凄恻"的同时还可以做到"笔力精健",这一点,古今一般的词人是做不到的。

由于李煜常常被归为所谓的"婉约派"词人,以至于人们往往忽视了他刚性的一面。因此,注意到李煜词的凄婉不难,但能注意到他的"精健",陈廷焯可以说是体察入微。李煜此词确实并非一味低回婉转,词中的"金琐""壮气""天净月华开"等语,都有一种阳刚高朗之感。由高朗之境跌入凄婉,由有志奋发到终归无能为力,这种落差起伏,更加强化了情绪表达,使得本词更显得有一种沉郁顿挫之美。这种刚柔并济式的笔墨,正是超迈传统的大手笔之处。明末沈际飞读此词时,曾经特意为"壮气蒿莱"加上圈点,评道:"四字惨。"(《草堂诗余续集》)沈际飞可能凭借的还是一种直觉,其实这四字之惨痛,正在"壮气"之刚摧折为"蒿莱"之凄,正是刚柔并济最突出的四字。王国维说:"永叔'人间自是有情痴,此恨不关风与月','直须看尽洛城花,始与东风容易别',于豪放之中有沉着之致,所以尤高。"(《人间词话》)虽然这是在论欧阳修的词,但是个中妙处,同李煜此词其实颇为相似。

虞美人

春花秋月何时了[①]。往事知多少。小楼昨夜又东风。故国不堪回首月明中。　　雕阑玉砌应犹在。只是朱颜改。问君能有几多愁。恰似一江春水向东流。

【注释】

①了：完毕，结束。

【评析】

本词是李煜入宋后怀念故国的代表作之一。词的开头，连着使用了两问"何时了"和"知多少"。在第一问中，"花"与"月"两个美好的意象前被加上了明显的时间指示词"春"与"秋"，就使得这一句染上了强烈的历史沧桑感。因为今日的花月总是让人想起昔日的花月，第一问便由此带出第二问，有多少春花秋月就有多少难忘的往事，花月不知何时了，往事便不知牵惹多少。对一般人而言，总是希望美好的春花秋月可以无尽地延续；可对于李煜来说，有多少往事难忘，就有多少愁恨，他反倒希望牵动往事的春花秋月可以"了"，可以早早过去和结束。清代黄景仁有诗云："茫茫来日愁如海，寄语羲和快著鞭。"（《绮怀》）当来日方长只带来愁绪时，人反而憎恶起来日了。这是心情极其沉痛，对生活已经极度失望的人才会说出的决绝的话。然而春又来了，小楼昨夜又吹动了东风，但夜晚的月色却只是让主人公又一次想起他的故国。

下阕的开头是接续故国月明而来的想象。月色照见的故国会是什么样？南唐宫殿的雕栏玉砌应该都还在，这是虚笔；但是人却不同了，雕栏玉砌的主人不同了，昔日主人的朱颜不同了，这里又转为实写。"朱颜改"三字浓缩了今昔之变，正是下文"几多愁"的来源。最后设问作结，自问自答，又紧紧扣住了开头的两问。逝者如斯，时间不停，而时间有多少、往事有多少，愁绪就有多少。此愁如东流的春水般不可断、不可阻、不可逆，亦如春花不了，归根到底，都是时间的一去不回所造成的难以磨灭的伤痛。本词的主题虽然是因思念故国而写盛衰之变，在章法结构上强调今昔对比的却只有"雕阑玉砌应犹在，只是朱颜改"一句，主体篇章前后勾连，词中的春花、东风、春水、秋月、月明等意象——映带不断，章法照应处远较对比处要多。

关于本词，首先就有一桩牵机药公案。南唐旧臣徐铉曾奉宋太宗之命去探访被软禁的李煜，据宋代王铚记载："后主相持大哭，乃坐默不言。忽长吁叹曰：'当时悔杀了潘佑、李平。'铉既去，乃有旨再对。询后主何言，铉不敢隐，遂有秦王赐牵机药之事。牵机药者，服之前却数十回，头足相就如牵机状也。又后主在赐第，因七夕命故伎作乐，声闻于外。大宗闻之大怒。又传'小楼昨夜又东风'及'一江春水向东流'之句，并坐之，遂被祸云。"（《默记》）徐铉向宋太宗如实报告了李煜眷恋旧朝的情况，再加上李煜在七夕作乐过于酣畅，还传出这首《虞美人》这样不忘故国的词作，这些事情都引起了宋太宗的忌恨，于是他派人送去牵机药，毒死了李煜。此说颇为流行，屡见记述，宋代陆游《避暑漫钞》、无名氏《嘷吃录》、明陈霆《唐余纪传》等书都有或详或简的类似记载。

但民国赵尊岳却为宋太宗辩解："按后主卒于七日，传者以为太宗赐牵机药所致。夫太宗雄王新朝，莲峰则废王禁第，荣辱悬殊，哀乐异趋。'昨夜东风'之词，正同于'金凤愁掣'之句。然吴越则赉以铁券，陇西则罪之九幽。事实同符，情何二致！即有闲者罗织其事，冀邀殊功，而大命早颁，案谳夕定，肆诸朝市，谁逞异词？遗以机药，转憎多口。且时适太宗万寿，纵欲置之死地，何必丁此嵩辰。善体普天俱庆之忱，更无旦夕争存之理。意者后主易箦之时，或多怨诽，而一时载笔之流，正以太宗之异于继体，德昭之未尽天年，每拾虿言，用申孤愤，遂摭琐闻于说部，比耳食于载言。正似烛影之嫌，几同信史。清儒光氏，已辟其谬，重光之卒，庸可无言。用陈斯议，附于序末，以俟学者共论定焉。"（转引自唐圭璋《南唐二主词汇笺》）赵尊岳认为宋太宗没有必要多此一举，去杀死一个已经毫无威胁的被废黜君王，而是李煜临死时多有怨言，被小说家言附会成说而已。

把李煜之死系于一首《虞美人》词，确有些夸大之嫌，就算李煜真是被毒死，也应该是他"悔杀了潘佑、李平"两位直言进谏的南唐臣子，露出兴复故国之意才招致杀身之祸。但赵尊岳的辩解多凭推理，实证也不多。此事宋朝人就多有记载，今后只怕仍将是被人津津乐道的历史故事。

其次，此词另一处颇有歧见的地方，就是词中最后两句的渊源与影响。宋代陈师道《后山诗话》记载："王荐，平甫之子，尝云：'今语例袭陈言，但能转移耳。世称秦词"愁如海"为新奇，不知李国主已云"问君能有几多愁，恰似一江春水向东流"，但以"江"为"海"尔。'"（转引自胡仔《苕溪渔隐丛话》）王荐指出李煜两句词以水喻愁，秦观词只不过是巧妙化用而已。

还有人指出，李煜这两句其实也有学习的对象。宋代王楙说："仆谓李后主之意又有所自。乐天诗曰：'欲识愁多少，高于滟滪堆。'刘禹锡诗曰：'蜀江春水拍山流''水流无限似侬愁'，得非祖此乎？则知好处前人皆已道过，后人但翻而用之耳。"（《野客丛书》）

这种对愁的新奇比喻，引起过许多文人的讨论。其中，宋代罗大经总结得尤多："诗家有以山喻愁者，杜少陵云'忧端如山来，澒洞不可掇'，赵嘏云'夕阳楼上山重叠，未抵春愁一倍多'是也。有以水喻愁者，李颀云'请量东海水，看取浅深愁'，李后主云'问君都有几多愁，恰似一江春水向东流'，秦少游云'落红万点愁如海'是也。贺方回云：'试问闲愁知几许，一川烟草，满城风絮，梅子黄时雨。'盖以三者比愁之多也，尤为新奇，兼兴中有比，意味更长。"（《鹤林玉露》）

但有的人却不赞成为这两句强行寻找来源。晚清民国俞陛云说："但以水喻愁，词家意所易到，屡见载籍，未必互相沿用。就词而论，李、刘、秦诸家之以水喻愁，不若后主之'春江'九字，真伤心人语也。"（《唐五代两宋词选释》）其子俞平伯也说："其下两句，千古传名，实亦羌无故实，刘继增《笺注》所引《野客丛书》，以为本于白居易、刘禹锡，直梦呓耳。胡不曰本于《论语》'子在川上'一章，岂不更现成么？此所谓'直抒胸臆，非傍书史'者也。后人见一故实，便以为'囚在是矣'，何其陋耶。"（《读词偶得》）

古人在写诗词时，是触类旁通的心有灵犀，还是夺胎换骨的化用其意，呈现在最终作品中的界限有时并不分明。在没有明显的语句袭用痕迹作为证据的情况下，俞氏父子说的是有道理的，不必非要说李煜化用了哪一句。因为对普通读者而言，就算不知道所谓用典，丝毫不影响这两句词的艺术魅力。

浪淘沙令

帘外雨潺潺①。春意阑珊②。罗衾不耐五更寒③。梦里不知身是客，一饷贪欢④。　　独自莫凭阑。无限关山。别时容易见时难。流水落花春去也，天上人间。

【注释】

① 潺潺：雨声。

② 阑珊：衰残。

③ 不耐：不能承受。

④ 一饷：有时也写作"一晌"，片刻，一会儿。

【评析】

本词是李煜入宋后抒发亡国之思的作品。词的开头写到雨声潺潺，暗示风雨摧花，自然是春意衰残。在这春寒料峭风雨之夜，主人公禁不住五更天的寒意，这是气温的寒意，更是客心的凄寒。把心中不能承受的凄楚，都推说成是罗衾不耐夜寒，这是作者表达的婉转。心寒来自何处？下文两句顺势就交待：梦中忘记了自己被软禁他乡的身份，还在贪恋过往的美好和欢愉；梦醒之后，惨淡的现实就带来深深的苦楚。词的下阕，主人公本想凭高望远排遣愁绪，但独自一人的落寞身影，登楼反而凄惶，更何况还有无数关山阻隔归路，这样还不如不要再带着希望遥看，免得徒增失望和感伤。故国是彻底易别难回了！故国正如春色，是落花随着流水一般的一去不回，是天上与人间的永隔。流水，是开头"雨潺潺"的下文；落花，又对应着"春意阑珊"。水不逆流，落红难缀，故国不可复返，这又照应着上阕的一梦，是梦觉后对现实清醒而绝望的认识。

此词的不同版本有些异文，引起过不少谁优谁劣的争议，兹举有代表性的两例。

首先，是"独自莫凭阑"，有的版本作"独自暮凭阑"。究竟是用"莫"好，还是用"暮"好呢？俞平伯有一段推敲："'莫'有去、入两读。胡适注云：'"莫"字有二解，一为勿，一为暮夜。我以为此字作暮夜解稍胜。'但何以稍胜，其说未详。'日'在'茻'中曰'莫'，即'暮'之本字，作'暮'字读可，但在此句应否读若'暮'，却成为问题。暮凭阑是实的，勿凭阑是虚的，窃谓以上下文合参，实斥殆不如虚拟。上文言五更拥被，而过片绝无转捩，遽入昏暮，毋乃过于突兀，此以上文言，'莫'不宜读为'暮'也。下文言无限江山，夫江山虽实境，而无限江山则虚，是以下文言，'莫'不宜读为'暮'

也。况'暮'虽俗字，久已习用，后主不必定写本字。"（《读词偶得》）"莫"是"暮"的本字，本来就可以通假，而且各自都可以说得通，所以在没有明显证据的情况下，这不是版本对错问题，而是艺术优劣的争议。俞平伯是从虚写、实写与上下文的联系性出发，认为虚写的"独自莫凭阑"更胜一筹，反对了胡适的观点。

其次，此词的倒数第二句，有"流水落花春去也"与"流水落花归去也"两种版本，两者的争议也有相似之处。有的人欣赏"春去也"。如明李攀龙说："结句'春去也'，悲悼万状。"（《草堂诗余隽》）有的人却觉得"春去也"不好，"归去也"才好。如明末徐士俊云："花归而人不归，寓感良深，若作'春去也'，便犯'春意'句。"（转引自卓人月《古今词统》）徐士俊认为用"归"字，就可以多一层"花归而人不归"的对比，层次更加曲折丰富；而且"春去也"有个"春"字，和上文"春意阑珊"字眼重复，意思也接近，显得有一些啰唆。

笔者以为，"莫凭阑"与"暮凭阑"、"春去也"与"归去也"两组争议，其实可以统一来分析。李煜此词，有着浓烈的主观情绪，如果借用王国维的理念，是典型的"有我之境"。用他评价李煜的话说就是："主观之诗人不必多阅世。阅世愈浅，则性情愈真，李后主是也。"（《人间词话》）情深，正是古今许多评论家都激赏此词的地方。如晚清王闿运评此词："高妙超脱，一往情深。"（《湘绮楼词选》）陈锐也说："古诗'行行重行行'，寻常白话耳，赵宋人诗，亦说白话，能有此气骨否。李后主词，'帘外雨潺潺'，寻常白话耳，金、元人词亦说白话，能有此缠绵否。"（《袌碧斋词话》）李煜这首词基本上都是直接抒情，在艺术表达和语词使用上并不如何矫揉造作，但由于一往情深，所以仍然极具艺术感染力。体悟到这一层整体基调，再来看两组争议。"莫凭阑"带有更强烈的主观情绪，远比"暮凭阑"这样偏于节制、冷静、客观的描述要有感染力，也与整首词的抒情风格

80

要更协调。同样的，"春去也"的决绝，也远比语气平淡的"归去也"要有力。至于"春"字的重复，恰恰是作者以情绪为主导而不计较字眼的重复的表现，是一种情感之"真"压倒字句之"巧"的表现。试问对"行行重行行"这样的诗句，还有必要去计较用字的朴拙和重复吗？要论定类似这样的争议，正如俞平伯所说："彼何尝不深美，而视此脱口而出不假思索者，似深美反略逊其浅近，又似乎俯拾即是，大可不必如彼之深美，信乎情深才大，无施不可也。"（《读词偶得》）

乌夜啼

无言独上西楼。月如钩。寂寞梧桐深院锁清秋。　　剪不断。理还乱。是离愁。别是一般滋味在心头[①]。

【注释】

① 一般：犹一番，一种。

【评析】

本词是一首抒发寂寥之情的作品。词的上阕侧重写景。主人公独自登上西楼，因为是独一人，故而无人可以言谈倾诉，"无言"二字因为"独"而有着落。李煜的《子夜歌》写道"高楼谁与上"，正是相同的况味，只不过在彼处是写白天，是用问句引出对过去的回忆；而这首《乌夜啼》则是夜晚，是直接陈述此刻的情境。能在西方望见月亮，而且月色如钩，如此月相，说明这是拂晓时分的残月。在这夜色将尽的时候，主人公却登楼望月，又说明主人公要么是一夜辗转无眠，要么是早早地从睡梦中惊醒，总之这是个难捱的夜晚。上阕的末句，就是对在这样的夜晚主人公处境的整体写照。在清冷的秋夜，无言的梧桐树立在庭中，梧叶飘零，透出瑟瑟的秋意；人亦如树，岁华摇落，一道被困在这寂寞的深院中。词的下阕侧重直接抒情。愁绪萦怀，如一团乱麻，使人治丝益棼。上阕的登楼遣怀，正是一种"剪"、一种"理"，可惜离愁深重，仍然是无济于事。这无限深广、无可名状的离愁，别有一种滋味萦绕在心头。

作者就此戛然收束，使得全词有一种"欲说还休"的情味。明末沈际飞就说："七情所至，浅尝者说破，深尝者说不破。破之浅，不破之深。'别是'句妙。"（《草堂诗余续集》）晚清陈廷焯也说："凄凉况味，欲言难言，滴滴是泪。"（《云韶集》）又说："哀感顽艳。妙，只说不出。"（《词则》）王闿运亦云："词之妙处，亦别是一般滋味。"（《湘绮楼词选》）愁到深处，一旦说出口，只怕人将难以承受，故而压抑着不忍说出。这种表达上的节制，使得全词有一种含蓄不尽的深情，反而比倾泻无余的抒情更有感人的力量。词在发展的早期本就是歌词，正如古人所云："长歌之哀，过于恸哭。"（洪迈《容斋随笔》）

与此同时，这种表达的欲吐还吞，又造成了对此词旨趣的多样化理解。一方面，大部分词家都认为，这首词是亡国之君李煜吐露的"亡国之音"。如南宋黄昇说："此词最凄惋，所谓亡国之音哀以思也。"（《唐宋诸贤绝妙词选》）晚清民国俞陛云就赞同黄昇："后阕仅十八字，而肠回心倒，一片凄异之音，伤心人固别有怀抱。《花庵词选》云：'所谓亡国之音哀以思。'"（《唐五代两宋词选释》）刘永济也说："此亦李煜降宋后作。……盖亡国君之滋味，实尽人世悲苦之滋味无可与比者，故曰'别是一般'。"（《唐五代两宋词简析》）唐圭璋说得最细致："所谓'别是一般滋味'，是无人尝过之滋味，惟有自家领略也。后主以南朝天子，而为北地幽囚；其所受之痛苦、所尝之滋味，自与常人不同。心头所交集者，不知是悔是恨，欲说则无从说起，且亦无人可说，故但云'别是一般滋味'。究竟滋味若何，后主且不自知，何况他人？此种无言之哀，更胜于痛哭流涕之哀。"(《唐宋词简释》)他们都是从知人论世的方法出发，把这种难以出口的至深凄怨解读为亡国之恨。

但另一方面，也有人看法不同。晚明茅暎就评价此词："绝无皇帝气。可人，可人。"(《词的》)别人都在大谈李煜是亡国之君时，茅暎却觉得词中没有一点"皇帝气"，而这倒成了他认为称人心意的地方。

茅暎此说并非全无道理，如果只是就词论词，在这首《乌夜啼》中是没有明确的信息表明帝王身份的；恰恰相反，文本中唯一清晰的主题关键词是"离愁"。如果这是一首佚名之作，完全可以界定为普通的悲秋闺怨之作。在明清有的词选中，此词就有少数题为"离怀""秋闺"的。刘永济先生虽然用了亡国滋味来解读此词，却也说道："此二首（编者按：指此词和"林花谢了春红"两首《乌夜啼》）表面似春、秋闺怨之词，因不敢明抒己情，而托之闺人离思也。"(《唐五代两宋词简析》)说李煜不敢明白直露地抒发自己的亡国之恨，其实略有些牵强，因为李煜在《破阵子》（四十年来家国）、《虞美人》（春花秋月何时了）等作品中屡屡明说"家国""故国"之类的词汇，并没有什么绝对不敢的。如果此词确是李煜所作，那么他之所以这样写，更多的恐怕并不是不敢，而只是词体歌咏男女情事和婉转曲折抒情的传统起了作用。这种传统的写作模式，促使李煜采取了在"离愁"的模糊主题下暗暗寄寓离国离家的愁恨的做法。这与后世秦观"将身世之感打并入艳情"（周济《宋四家词选》）的写词方法，实际上是很类似的。而这种在字面上并不确指为亡国之恨的写法，也是这首词能够流传千古并引起普通读者共鸣的重要原因之一。能做帝王的人毕竟只是极少数，但其他读者完全可以将自己心有所向的个性化的"别是一般滋味"，融化在这普泛化的"离愁"中去，从而获得情绪的释放。

蝶恋花

遥夜亭皋闲信步①。乍过清明，早觉伤春暮。数点雨声风约住②。朦胧淡月云来去。　　桃李依依春暗度。谁在秋千，笑里低低语。一片芳心千万绪。人间没个安排处。

【注释】

①遥夜：长夜。亭皋：水边的平地。信步：漫步，随意行走。

②约：阻止，阻拦。

【评析】

本词是一首惜春伤怀的作品。词的上阕以写景为主。开头写主人公长夜无聊，于是到水边散步。初春、仲春、暮春，三个月的春天，大体上是每个月两个节气。清明一过，就属于暮春了。李煜特意强调"乍过""早觉"，反映出主人公敏感多情，一进入暮春便珍惜伤感起来，并不需要等到春天彻底过完。人是怜春惜春的人，天公也似乎有情而作美了，敲打着春花的雨水渐渐停止。因为是夜晚散步，天色暗淡，主人公并不能清晰地"看到"雨停了，而只能"听到"。因此作者只说"雨声风约住"，雨打之声被春风拂过的声音代替，仿佛是有情风在阻挡无情雨，笔调颇为细腻。风吹雨散，雨散云开，云开月现，环环相扣。

词的下阕则由写景转入写人和写情为主。在暗暗流逝的春光中，传来了秋千架上的盈盈笑语。作者虽然故意作"谁在秋千"的问语，其实是谁并不重要，在这里"谁"只是"他者"的符号。这是他人的快乐，他人的笑语。而主人公呢？只是心中有着千头万绪的愁思。最后一句，作者将"千万"的数量进一步具体化。原本无形的愁思仿佛整个人世间都安放不下，愁思更增添了空间的实感。这种化无形为有形的笔法，是李煜的惯技，我们在"问君能有几多愁，恰似一江春水向东流""自是人生长恨水长东""离恨恰如春草，更行更远还生"等句子中早就已经领教过了。

前辈词评家大多很推崇李煜词的自然流畅。如清代周济说："李后主词，如生马驹，不受控捉。毛嫱、西施，天下美妇人也，严妆佳，淡妆亦佳，粗服乱头，不掩国色。飞卿，严妆也。端己，淡妆也。后主，则粗服乱头矣。"（《介存斋论词杂著》）温庭筠化浓妆，韦庄化淡妆；而"粗服乱头"是不化妆、不加修饰的状态，被周济用来形容李煜词文笔的自然。民国时蔡嵩云说得更明确："词尚自然固矣，但亦不可一概论。无论何种文艺，其在初期，莫不出乎自然，本无所谓法。渐进则法立，更进则法密。文学技术日进，人工遂多于自然矣。词之进展，亦不外此轨辙。唐五代小令，为词之初期，故花间、后主、正中之词，均自然多于人工。"（《柯亭词论》）他也认为李煜词的主体风格笔调是偏于自然的。

但李煜并不是没有精致甚至有些雕琢的词句，这首《蝶恋花》上阕末尾的"数点雨声风约住。朦胧淡月云来去"两句，就因遣词造句的精巧而屡屡被称赏。明末沈际飞就特别点评此二句，并着重圈点"约住"二字："片时佳景，两语留之。"（《草堂诗余正集》）明末清初沈谦更是称赞："'红杏枝头春意闹''云破月来花弄影'，俱不及'数点雨声风约住。朦胧淡月云来去'。予尝谓李后主拙于治国，在词中犹不失为南面王，觉张郎中、宋尚书，直衙官耳。"（《填词杂说》）沈谦是把李煜这两句，同北宋词人宋祁的"红杏枝头春意闹"（《玉楼春》）与张先的"云破月来花弄影"（《天仙子》）作对比。宋、张这两句都是二人用字精巧的代表作了，王国维曾经夸赞"'红杏枝头春意闹'，着一'闹'字，而境界全出。'云破月来花弄影'，着一'弄'字，而境界全出矣。"（《人间词话》）但沈谦却说两人的写作水平，在李煜面前只能当个下属小官，足见其激赏的程度。

李煜词善于直接抒情，不常用奇字险句，不喜欢堆砌典故，但并不是不懂得、不能够艺术锤炼。相反，这是艺术技巧炉火纯青后回归的一种自然。"数点雨声风约住"，"约"字本平常，但说"风约住"便新鲜生动，正是贵在寻常字眼一经组合就达到笔墨含情的效果。难怪仅仅在宋代，就有像"珠帘约住海棠风"（宋祁）、"门外飞花风约住"（程垓）、"芳意被他寒约住"（朱淑真）、"漠漠轻云山约住"（何梦桂）、"天风约住云来往"（胡仲弓）等大量仿写的句子。刘大杰对李煜词的认识就很全面："李煜词的艺术特色，具有高度的抒情技巧。他善于构造和锻炼词的语言，形象鲜明，结构缜密，有惊人的表现力。最突出的，是没有书袋气，到了晚期，也没有脂粉气，纯粹用的白描手法，创造出那些人人懂得的通俗语言而同时又是千锤百炼的艺术语言（两者结合得好，是非常难达到的境界），真实而深刻地表现出那最普遍最抽象的离愁别恨的情感，把这些难以捉摸的东西，写得很具体形象，不仅心里可以感到，眼里也可以看到，几乎手也可以接触到。"（《中国文学发展史》）

捣练子

云鬓乱①。晚妆残。带恨眉儿远岫攒②。斜托香腮春笋

嫩 ③，为谁和泪倚阑干。

【注释】

① 云鬟：形容女子浓黑柔美如乌云般的鬓发。

② 远岫：本指远处的峰峦，这里是形容女子色如远山的秀丽眉毛。攒：簇聚、聚集，这里形容皱眉。

③ 春笋：以春季纤细的竹笋比喻女子纤润的手指。

【评析】

本词是一首描写闺中女子相思的作品。全词几乎都是对这位女子容貌、神情、姿态的刻画，而女子的情绪又由这些描写暗暗透出。鬓发散乱，妆容残损，反映出女子的憔悴可怜。她秀眉攒蹙，是因为心中"带恨"；手托香腮，是因为心有所思。所思所恨为谁呢？自然是含泪凭栏遥望，却迟迟不至的男子。这词写得很细致的工笔画，重心全在雕绘主人公的姿容，涉及外物的词汇仅仅一个"阑干"而已，精丽颇似花间词。

此词词意较为浅白，本不难理解，但在版本上却有一场真假优劣的有趣纷争。据清初贺裳记载："李重光'深院静'小令，升庵曰：词名《捣练子》，即咏捣练也。复有'云鬟乱'一篇，其调亦同，众刻无异。常见一旧本，则俱系《鹧鸪天》，二词之前各有半阕。'节候虽佳景渐阑。吴绫已暖越罗寒。朱扉日暮随风掩，一树藤花独自看。云鬟乱，晚妆残。带恨眉儿远岫攒。斜托香腮春笋嫩，为谁和泪倚阑干。''塘水初澄似玉容。所思还在别离中。谁知九月初三夜，露似珍珠月似弓。 深院静，小庭空。断续寒砧断续风。无奈夜长人不寐，数声和月到帘栊。'增前四语，觉神彩加倍。"（《皱水轩词筌》）清初徐釚在他的《词苑丛谈》里，也辑录了这条的内容。明代的杨慎，字用修，号升庵，状元及第，是著名的学者和才子。他提到的这个"旧本"，在李煜的两首《捣练子》前面，竟然还各有半首词，如此一来，在字数和韵脚上就与词调《鹧鸪天》一致了。

首先，这就产生了一个真伪问题。王国维在整理《唐五代二十一家词辑》时，在《南唐二主词校勘记》中驳斥了这种增加词句的版本："'可怜九月初三夜，露似珍珠月似弓'，此乐天《暮江吟》后二句，见《白氏长庆集》卷十九，后主不应全袭之。且《鹧鸪天》下半阕平仄亦与《捣练子》不合，显系明人赝作。徐氏信之，误矣。"王国维是从内容和格律两方面证伪的：一方面，其中两句是原封不动的白居易诗，未免有抄袭之嫌；另一方面，是下半阕的词句与《鹧鸪天》的平仄不合。

王国维的第一点驳论其实不太有力。因为词这种文体的地位，在唐宋时相对诗文来说要低得多，是一种更通俗的文学形式；词人在写作时一字不改地照搬前人诗句，其实并不算罕见，可能词人们并不是太介意在当时的通俗流行歌曲里混搭几句前人的好诗。比如晏几道的名句"落花人独立，微雨燕双飞"（《临江仙》），其实就完全抄自五代诗人翁宏的《宫词》；又如欧阳修《朝中措·送刘仲原甫出守维扬》、苏轼《水调歌头·黄州快哉亭赠张偓佺》，也分别照搬过唐代王维的"山色有无中"（《汉江临眺》）到自己的词里。但王国维说的第二点确实命中要害。依据《钦定词谱》，《捣练子》的平仄是："中仄仄，仄平平。中仄平平中仄平。中仄中平平仄仄，仄平中仄仄平平。"而《鹧鸪天》下阕的平仄是："中中仄，仄平平。中平中仄仄平平。中平中仄平平仄，中仄平平中仄平。"（编者按："中"指可平可仄）后面三个七言句的平仄有显著不同，所以杨慎提到的所谓"古本"，看似字数、句长一致，其实与《鹧鸪天》的一般格律规范相差甚远。王国维推断是"明人赝作"，很有见地。因为唐、宋、元人多少能听到比较正宗的词乐，都还相对了解词律；只有到了明代，词乐已经基本失传，明朝人大多对词律一知半解甚至一窍不通，才会出现这样张冠李戴、造假都没有造妥帖的赝品。

其次，虽然已经确定这是一首假冒《鹧鸪天》，但是不是就没什么价值了呢？也不一定。初记此事的贺裳，就已觉得增加了四句的内容，神采加倍了。清末民初的况周颐更有豁达之见："杨用修席芬名阀，涉笔瑰丽。自负见闻赅博，不恤杜撰肆欺。迹其忍俊不禁，信有奇思妙语，非寻常才俊所及。尝云：李后主《捣练子》'深院静''云鬟乱'二阕，曩见一旧本，并是《鹧鸪天》……以'塘水初澄'比方玉容，其为妙肖，匪夷所思。'云鬟乱'阕前段，尤能以画家白描法，形容一极贞静之思妇。绫罗间之暖寒，非深闺弱质，工愁善感者，体会不到。'一树藤花'，确是人家庭院景物。曰'独自看'，其殆《白华》之诗，无营无欲之旨乎？'扉无风而自掩'，境至清寂，无一点尘。如此云云。可知'远岫眉攒''倚阑和泪'，皆是至真至正之情，有合风人之旨。即词境词格亦与之俱高。虽重光复起，宜无间然。或犹讥其向壁虚造，宁非固欹。"（《蕙风词话》）况周颐很清楚地知道这大概是杨慎在造假，但在不计较格律时，并不妨碍他欣赏杨慎的再创作。他甚至从杨慎的作品里读出了一种李煜原作所缺乏的寄托之情，认为词境由此得到提升，即使李煜本人复活，也不会有异议。

从格律上说，补了半首的《鹧鸪天》是狗尾续貂；但从意境上说，杨慎却是妙笔生花。这其实蕴含了一个十分有趣的话题，当词乐失传、词律莫衷一是时，词已经转型为一种新体诗了。如果完全只论真假而不问艺术美，是守正还是固执呢？

失调名

楼上春寒水四面。

【评析】

本词仅存残句。

北宋江休复《江邻几杂志》载:"李后主于清微歌'楼上春寒水四面',学士刁衎起奏:'陛下未睹其大者远者尔。'人疑其有规讽,讯之,云:'风乍起、吹皱一池春水。'又作红罗亭子,四面栽红梅花,作艳曲歌之。韩熙载和云:'桃李不须夸烂熳,已输了春风一半。'时已割淮南与周矣。"

失调名

别易会难无可奈。

【评析】

本词仅存残句。

宋代吴曾《能改斋漫录》载:"《颜氏家训》云:'别易会难,古人所重,江南饯送,下泣言离。北间风俗不屑此,岐路言离,欢笑分首。'李后主长短句,盖用此耳。故云:'别时容易见时难。'又云:'别易会难无可奈。'"《颜氏家训》是南北朝时颜之推所写,中间记述了南方重离别、多感伤的风俗。吴曾由此推测,来自江南的李煜是化用此语。

诗

以《全唐诗》为底本，收李
煜诗 18 首，按诗体编排。李煜虽
主要以词名世，其诗也造诣不俗，
多怀人念远、感伤亡国之作。

五绝

梅花（其二）

失却烟花主^①，东君自不知^②。
清香更何用，犹发去年枝。

【注释】

① 烟花：泛指绮丽的春景。

② 东君：司春之神。

【评析】

本诗是李煜睹物思人、悼念亡妻的作品。诗有一组两首，其一为五言律诗（本书的诗歌部分按文体排序，该诗见后文的律诗部分），其二为本首五言绝句。《全唐诗》在此诗题下注云："后主尝与周后移植梅花于瑶光殿之西。及花时，而后已殂，因成诗见意。"这段注文源自马令《南唐书》，由此可知本诗虽然以梅花为题，却不是单纯的咏物诗，而是怀人之作。

李白诗云"烟花三月下扬州"（《黄鹤楼送孟浩然之广陵》），"烟花"描绘的是春景。李煜在这里用之来指代春日的梅花。病逝的昭惠皇后周娥皇既是这梅花的主人，更隐隐象征了李煜心中的生机和春色。

花的主人已经不在了，春神却不知道。由于不知道，所以新的一年依旧春回大地，于是才有了下文的两句。去年的花枝今年春天依旧开放了，散发出阵阵清香。但这花这香又有什么用呢，烟花已经无主，徒惹物是人非之感。整首诗都不太注重刻画梅花本身，只是因花思人而已。

书灵筵手巾 ①

浮生共憔悴 ②，壮岁失婵娟 ③。
汗手遗香渍，痕眉染黛烟 ④。

【注释】

　　① 灵筵：供亡灵的几筵。

　　② 浮生：以人生在世，虚浮不定，因称人生为"浮生"。

　　③ 婵娟：姿态美好貌，这里指美人。

　　④ 黛烟：青黑色的颜料，古代女子常用于画眉。

【评析】

　　本诗是李煜借物兴怀、思念亡妻的作品。诗歌的第一句把人生称为"浮生"，这是源自《庄子》的一个比方："圣人之生也天行，其死也物化；静而与阴同德，动而与阳同波；不为福先，不为祸始；感而后应，迫而后动，不得已而后起。去知与故，循天之理，故无天灾，无物累，无人非，无鬼责。其生若浮，其死若休；不思虑，不豫谋；光矣而不耀，信矣而不期；其寝不梦，其觉无忧；其神纯粹，其魂不罢。虚无恬惔，乃合天德。"（《庄子·刻意》）只要通读上下文就会发现，其实"浮生"在《庄子》里并不是一个贬义词。"圣人之生也天行"，天是天道，天道自然。生是顺应自然而生，死是顺应万物的变化而死，无论生死，都应该心无芥蒂。所以《庄子》说"其生若浮"时，原本并不是在强调生命中的不确定性带给人的危机感；恰恰相反，《庄子》正是在强调要放弃那种有所为、有所定、有所期待的做法，而应追求一生像浮在水面上一样，从流飘荡，任意东西，获得随遇而安的自由与适意。当领悟"其生若浮"时，死亡也不再是悲剧，而是"若休"，是一种休息，一种适可而止。既不刻意求生，也绝不自寻短见，一切顺应天道，这才是《庄子》对生命的见解。

但李煜此诗显然违背了《庄子》的本意，紧接"浮生"的"共憔悴"三字，明显地透露出对充满不确定性的人生的失望和身心的疲惫。《庄子》中的许多表达超脱或者自然思想的典故，比如"呆如木鸡""心如死灰"，原本都不带有消极的情绪，但在后世使用时都渐渐脱离本意，这是很有趣的现象。李煜不但改变了"浮生"的意思，还很喜欢使用这个词。在他的《乌夜啼》词中也有"世事漫随流水，算来一梦浮生"的句子，心情都是很消极的。

诗的第二句正式告诉了读者情绪消极的原因，是正当壮年却失去了婵娟般的美人。这位女子应该就是李煜的皇后周娥皇。陆游《南唐书》记载："后主昭惠国后周氏，小名娥皇，司徒宗之女，十九岁来归。通书史，善歌舞，尤工琵琶。尝为寿元宗前，元宗叹其工，以烧槽琵琶赐之。至于采戏、奕棋，靡不妙绝。后主嗣位，立为后，宠嬖专房。"由这些对周娥皇才情的记述，可知"婵娟"二字并非泛泛的描写。可惜好景不长，周娥皇韶年早逝。马令《南唐书》载："（周皇后）殂于瑶光殿之西室，时乾德二年（964）十一月甲戌也，享年二十九。明年正月壬午，迁灵柩于园寝。后主哀苦骨立，杖而后起，自为诔曰……"夫妻十年，一朝长别。李煜在周娥皇去世后极为悲痛，亲自撰写了长达几千字的诔文来哀悼她，还自称鳏夫煜。

　　诗的前半部分让读者知道了"灵筵"设立的缘由，而后半部分则切合了"手巾"。这条美人生前曾使用过的手巾，曾经浸渍了香汗，曾被用来擦拭过画眉的青黛。故人已矣，这汗渍和黛痕便成为她少数存在于人间的宝贵遗留了。诗歌至此，睹物思人之情跃然纸上。宋代吴文英的《风入松》词云"黄蜂频扑秋千索，有当时、纤手香凝"，机杼相似，也是由故人香泽生发的思绪，只不过联想更广远细腻罢了。

书琵琶背

> 侁自肩如削①，难胜数缕绦②。
> 天香留凤尾③，余暖在檀槽④。

【注释】

　　① 侁：齐整貌。一说众多。

　　② 胜：能够承受，禁得起。绦：丝绳，丝带，这里指琵琶弦；亦指用于衣服饰物等的绳、带。

　　③ 凤尾：琵琶上端作凤尾形。

　　④ 檀槽：檀木制成的琵琶、琴等弦乐器上架弦的槽格。

【评析】

　　本诗也是李煜睹物兴怀、思念亡妻的作品。《全唐诗》在此诗题下注云："周后通书史，善音律，尤工琵琶。元宗赏其艺，取所御琵琶时谓之烧槽者赐焉。烧槽即蔡邕焦桐之义，或谓焰材而斫之，或谓因爇而存之。后临殂，以琵琶及常臂玉环亲遗后主。"这段注文是对马令《南唐书·女宪传》的节略，原文如下："后主昭惠后周氏，小字娥皇，大司徒宗之女，甫十九岁，归于王宫。通书史，善音律，尤工琵琶。元宗赏其艺，取所御琵琶时谓之烧槽者赐焉。烧槽之说即蔡邕焦桐之义，或谓焰材而斫之，或谓因爇而存之。……谓后主曰：'婢子多幸，托质君门，冒宠乘华凡十载矣，女子之荣莫过于此。所不足者，子殇身殁，无以报德。'遂以元宗所赐琵琶及常臂玉环亲遗后主。"这把烧槽琵琶，是南唐中主李璟赏赐给儿媳妇周娥皇的。之所以称为"烧槽"，是依托了东汉名士蔡邕的故事。据《后汉书》记载："吴人有烧桐以爨者，邕闻火烈之声，知其良木，因请而裁为琴，果有美音，而其尾犹焦，故时人名曰'焦尾琴'焉。"蔡邕听到有人生火做饭用的桐木发出异响，就救下这段已经烧焦了一部分的桐木，以之为原材料制作成了名琴"焦尾"。周娥皇二十九岁因病去世，她在病重之时，又将这把琵琶亲自交给丈夫李煜以作存念。知晓这把琵琶的来源，就已经大略可知李煜题写在琵琶背上的这首诗所怀有的悼亡情愫了。

全诗总的题旨虽然较为明确，但具体的词句却颇多歧解。诗中的第一个字就有争议，"侁"的常用意思是众多的样子，学者们的注释多作此解。但"众多"与下文"肩如削"语意不连贯。曹植《洛神赋》云："秾纤得衷，修短合度。肩若削成，腰如约素。""肩如削"原是表现美人体态合宜的，似乎不能用"众多"来形容。有人解说为："琵琶众多，形制相似，但是能有多少真正堪称是'琵琶'，能承托起琵琶的丝弦呢？言外之意，琵琶虽多，而堪称著名者却极少。"不管琵琶是不是著名，岂有不能承托几根丝弦的？此说实在有些牵强。陈贻焮主编《增订注释全唐诗》释"侁"为"齐整貌"。"侁"的这个义项可见于辽代字书《龙龛手镜》，与李煜时代接近，取此说更为顺畅。如此一来，诗中首句既可以理解为琵琶齐整如削，也可以理解为是在形容美人如削的纤肩。这琵琶平日演奏时总是倚靠在美人纤瘦柔婉的肩头，这是诗人联想的由来。

第二句的"胜"读平声，表示"承受"。全句的意脉接上文的美人削肩而来，佳人纤纤弱质，瘦削的肩膀仿佛不能承受琵琶之重。诗人使用借代的手法，以"数缕绦"，即琵琶的丝弦，代指琵琶。与此同时，丝绦又是女子常见的衣饰。作者特地选取"绦"的意象，仍然是为了暗示佳人若不胜衣的体态。

诗的前半部分是由琵琶想到了佳人弹奏时的姿态，后半部分则与《书灵筵手巾》诗中的"汗手遗香渍，痕眉染黛烟"极为相似，是表现佳人遗留在器物上的痕迹。"凤尾""檀槽"都是琵琶上的部件。"凤尾"是琵琶的上端，演奏者在凤尾处以手指按弦，同时此处又接近美人的面庞，因而可能留下一些脂粉的香味。"檀槽"则是琵琶下端架弦的槽格，接近演奏者拨弦的位置。作者的"余暖"有双关之义。一方面，此琵琶名为"烧槽琵琶"，"余暖"是形容制作琵琶的材料尚有余温；另一方面，更是借此暗示演奏者的身体的余温仿佛尚在檀槽之上。这"余暖"是纯粹的虚笔，在事实上虽然不可能，但作者触物思人，情真意切，却不妨如此落笔，这就是艺术的真实。

周娥皇死后葬于懿陵，李煜"自制诔，刻之石，与后所爱金屑檀槽琵琶同葬"（陆游《南唐书》）。有学者据此推断"这首诗当作于大周后下葬之前"（张玖青编著《李煜全集》），想来是认为本诗中所写的"烧槽琵琶"就是这把"金屑檀槽琵琶"了。但恐怕并不一定，因为据《南唐拾遗》记载："昭惠烧槽琵琶，至宣和间犹存，徽庙极所珍惜，后金人入汴失之。"（夏承焘《唐宋词人年谱·南唐二主年谱》引）如果烧槽琵琶在宋徽宗宣和年间还存于宋朝皇宫，那就不会是随周娥皇下葬懿陵的那把金屑檀槽琵琶。不过明末清初毛先舒撰《南唐拾遗记》时，杂采众书，考订并不周详，所以他的记叙也不一定可靠。这把寄托了李后主无限深情的烧槽琵琶的最终归宿，只能存疑了。

七绝

感怀（其一）

又见桐花发旧枝，一楼烟雨暮凄凄。
凭阑惆怅人谁会^①，不觉潸然泪眼低^②。

【注释】

①会：理解。

②潸然：流泪的样子。

【评析】

本诗仍是李煜思念亡妻的作品。《全唐诗》在此诗题下注云："后主昭惠后周氏，小字娥皇，年二十九殂。后主哀苦骨立，杖而后起，每于花朝月夕，无不伤怀。"这段注文也是对马令《南唐书·女宪传》的节略，原文如下："后主昭惠后周氏，小字娥皇，大司徒宗之女，甫十九岁，归于王宫。……殂于瑶光殿之西室，时乾德二年（964）十一月甲戌也，享年二十九。明年正月壬午，迁灵柩于园寝。后主哀苦骨立，杖而后起。……每于花朝月夕，无不伤怀。如'又见桐花发旧枝，一楼烟雨暮凄凄。凭栏惆怅人谁会，不觉潸然泪眼低''层城无复见娇姿，佳节缠哀不自持。空有当年旧烟月，芙蓉池上哭娥眉'皆因后作。"《南唐书》明确记载了这两首诗（即《感怀》二首）是为悼念昭惠皇后周娥皇而作，但并没有标题；清代厉鹗的《宋诗纪事》将这两首诗径直题为《悼周后》，较之《全唐诗》要更加明白显豁一些。

周娥皇卒于十一月，而本诗的开头说"又见桐花"，桐花开在春季，可知创作此诗时离周娥皇去世已经有一段时间了。而且桐花常在清明时节开花，唐代白居易的《桐花》诗就说："春令有常候，清明桐始发。"值此"路上行人欲断魂"之际，李煜不禁追思亡妻。桐花虽能再开于旧日的枝头，但故人却已天人永隔，加之暮雨纷纷，更显得景况凄凉。诗人登楼凭栏，心中的惆怅无人能够领会，情郁于中，不知不觉已是潸然泪下。

感怀（其二）

层城无复见娇姿①，佳节缠哀不自持②。
空有当年旧烟月，芙蓉池上哭蛾眉③。

【注释】

　　①层城：古代神话中昆仑山上的高城，这里借指南唐的宫殿。

　　②自持：自我克制。

　　③芙蓉：荷花别名。

【评析】

　　本诗仍是李煜思念亡妻的作品，与上一首诗收录为一组。此诗开头欲抑先扬，先说南唐宫殿是如昆仑仙境一般的层城，结合李煜《破阵子》中"凤阁龙楼连霄汉，玉树琼枝作烟萝"的描写，可以想见其盛大。只可惜纵然宫室依旧富丽恢弘，却再也见不到佳人的娇姿。但既然有这么多宫殿，想来其中必然是佳丽众多，如李煜的《玉楼春》就说"春殿嫔娥鱼贯列"。因此，又岂是真的没有一个美人，只不过他人都不及溘然长逝的昭惠皇后周娥皇罢了，抑扬之间更加衬托出周娥皇的不可替代。此外，昆仑山在传说中还是西王母所居住的地方，而古人有周穆王西巡与西王母相会的故事。《穆天子传》云："吉日甲子，天子宾于西王母，乃执白圭玄璧以见西王母，献锦组百缕，金玉百斤。西王母再拜受之。乙丑，天子觞西王母于瑶池之上。西王母为天子谣曰：'白云在天，山陵自出。道里悠远，山川间之。将子无死，尚能复来？'"西王母曾经邀约周穆王如果没死，就再来相会。但周穆王终究没有再赴约，李商隐《瑶池》诗即慨叹"穆王何事不重来"。李煜在首句暗用此典，委婉地表示这"不复见"不是人间暂时的别离，而是生死之界、天人永隔。

有了如许的铺垫，次句再直接抒情，倾诉自己控制不了哀痛的心绪，就变得顺理成章。一、二句说的是旧人不见，三、四句则转叙旧物相似，烟月、芙蓉池都是似曾相识的旧景，但诗人只能对旧景伤旧人，全诗总归是在表达物是人非之意。

此诗的末句因版本不同，而颇有争议。在《全唐诗》中，末句不作"芙蓉池"而作"芙蓉城"，取"芙蓉城"这种版本的今注本很多。《汉语大词典》对"芙蓉城"有两种解释，第一种是："今四川省成都市的别名。后蜀孟昶于宫苑城上遍植木芙蓉，因以得名。简称蓉城。见宋张唐英《蜀梼杌》卷下。"随后还特意举了李煜这句诗为例。第二种是："古代传说中的仙境。宋欧阳修《六一诗话》：'曼卿卒后，其故人有见之者云，恍惚如梦中，言我今为鬼仙也，所主芙蓉城。'宋苏轼《芙蓉城》诗序：'世传王迥字子高，与仙人周瑶英游芙蓉城。元丰元年三月，余始识子高，问之信然，乃作此诗。'"今天的李煜诗注本，取这两种解释的都有。但其实这两说都不太经得起推敲。首先，李煜不太可能以成都的别名"芙蓉城"来代指南唐国都。"芙蓉城"成为成都别名之说见于张唐英《蜀梼杌》，但张唐英是北宋中期人，入宋后不久就去世的李煜自然看不到《蜀梼杌》。据《蜀梼杌》记载，孟昶种木芙蓉一事发生在后蜀广政十三年（950）。而周娥皇之死在宋乾德二年（964），因此李煜写此诗肯定在公元964年之后。又据诗意，李煜还拥有着南唐的宫殿，所以此诗必然写于南唐灭亡（975）之前。在信息传播相对缓慢的古代，经过这短短的十几至二十几年时间，"芙蓉城"的称呼是否能够完成经典化而成为成都的通行代称，是否能够在分裂割据的时代从远方传到李煜的耳中，李煜又是否有必要用一个其他地方割据势力的都城的雅称来代指南唐的都城？对这其中的每一点，都足以打一个大大的问号。其次，李煜更不可能知道所谓的仙境"芙蓉城"。因为无论是欧阳修有关曼卿成仙主管芙蓉城的记载，还是苏轼有关王迥与仙人同游的记载，都是北宋人所记的北宋事，更加不可能被李煜所知晓。故事尚未发生，自然也就谈不上去用这样的典故了。另外，还有学者指出："如果作'芙蓉城'，则与首句'层城'用字重复，又有意思的冲突。"（蒋方编选《李璟李煜集》）由此可见，如果作"芙蓉城"，全诗实际上将扞格难通。

此诗末句，在马令《南唐书·女宪传》中作"芙蓉池上哭蛾眉"，这就通顺得多。首先，从文献时代来说，马令《南唐书》是时代较早且内容较为可靠的文献版本，其引述可能更接近李煜原文。其次，从艺术造诣来说，作"芙蓉池"暗暗切合了"归来池苑皆依旧，太液芙蓉未央柳。芙蓉如面柳如眉，对此如何不泪垂"（唐白居易《长恨歌》）之典。白居易诗讲述了唐玄宗对着宫内太液池中的荷花，追思亡故的杨贵妃。李煜此诗同样是追思亡妻，整合前人名篇，用典精切，正是诗中佳处。因此，本书取"芙蓉池"之说。

赐宫人庆奴

风情渐老见春羞^①，到处消魂感旧游。
多谢长条似相识，强垂烟态拂人头。

【注释】

① 风情：风雅的情趣、韵味。一说指男女相爱之情。

【评析】

本诗是李煜借柳寄意，赐给宫人庆奴的作品。《全唐诗》在此诗题下注："《墨庄漫录》云：煜尝书黄罗扇上，至今藏在贵人家。"宋张邦基《墨庄漫录》原文为："江南李后主尝于黄罗扇上书诗以赐宫人庆奴云：'风情渐老见春羞，到处消魂感旧游。多谢长条似相识，强垂烟态拂人头。'想见其风流也。扇至今传在贵人家。"

前人对这首诗的争议颇多。首先，连这是不是一首"诗"，都是一个大问题。这首作品曾作为李煜词，被古今不少版本的词集、词选收录，并题为《柳枝》。王仲闻在《南唐二主词校订》中对此有案语："此首别见宋姚宽《西溪丛语》卷上、邵博《邵氏闻见后录》卷十七、张邦基《墨庄漫录》卷二、明顾起元《客座赘语》卷四、清《全唐诗》第一函第二册（题作《赐宫人庆奴》），未云是词。沈雄《古今词话》、《历代诗余》并引《客座赘语》（《历代诗余》实引沈雄《古今词话》之说，未检原书）以为《柳枝词》，未知何据。"王先生指出，这首常被收入李煜词集的作品，实际上在相关的早期文献中，并没有被指为是"词"。笔者以为，该作之所以在清初人所编写的《古今词话》《历代诗余》等书里被认为是词，很可能是到清代时词乐早已基本失传而发生的误解。因为此作的后两句的诗意着重在写"柳枝"，而唐代人有一个常用的歌曲调名《杨柳枝》，《杨柳枝》的格式正好也是七言四句。于是，在不太理解唐宋词乐体制的情况下，清代的一些词学家就把李煜这首作品也当作了属于《杨柳枝》调下的词。但是，且不说《柳枝》不同于作为专门调名的《杨柳枝》，不能随意混用，即使这就是一首《杨柳枝》，它也不是词。因为《杨柳枝》属于"声诗"，也就是曾被用于歌唱的"诗"，而不是严格意义上的"词"。一些明清词谱把《杨柳枝》也放到词谱里面去，本来就是不准确的。在《南唐二主词校订》的《凡例》中，王仲闻先生就说道"题扇之《柳枝》（实系七言诗）"，把此作判为七言诗。

其次，这首诗究竟是着重写女子（也就是宫人庆奴）的情怀，还是写男子（也就是李煜自己）的情怀，同样存在很大的分歧。有的注本认为："此词描写年过青春、风情渐衰的女子怀旧伤感的情形。据《客座赘语》此词是李后主写了赐给宫女庆奴的。虽以宫女的身份口吻写出，却也表现了作为玩弄女性的君王的词人轻薄的心态。"但有的注本则认为："李煜此诗是题写在一把黄罗制作的扇子上，送给身边一位名叫庆奴的侍女的。诗借咏春柳而抒写人生沧桑之感，有世态炎凉之叹，因而推想庆奴是随同李煜一起入宋的南唐旧宫女。"（蒋方编选《李璟李煜集》）

细味全诗，如果是写女子，则首句是指女子年华老去风情不再，诗意将是对女子的嘲弄。李煜是王侯贵族的身份，他写诗给相对而言地位低下的宫人，在那个封建时代是一种居高临下的恩赐。如果不是对庆奴有好感，李煜根本就没有必要费此周章来赐诗；既然是赐诗，无仇无怨，岂有恩赐宫人诗歌反而对其刻薄嘲弄之理？这种凉薄的态度，与史书记载李煜笃信佛教、与人为善的一贯作风也不相符。所以，将此诗解读为写女子，实在有些龃龉难通。

此诗应当理解为李煜自述怀抱，全诗是李煜向一位旧相识的宫人庆奴倾诉苦闷的心情。此诗录自宋张邦基的《墨庄漫录》，该书在记录全诗后，评价为"想见其风流也"，自然是指令人想见李煜的风雅情韵。李煜说自己的风流不再，不能有与撩人的春色相称的才情，所以见到春色应该感到羞愧。旧游的美好回忆，触动的只是美好不再的极度哀愁。感谢摇曳的柳枝垂拂主人公，反衬的其实是故人零落的感伤；只有柳树似相识，暗示的是几乎无人相识相访，无人可堪倾诉的境况。于是，当遇到真正旧相识的宫人庆奴时，又怎能不一吐为快呢？诗中的"风情渐老"，是古代文人常见的自嘲又自矜自惜的感叹。南宋姜夔说"何逊而今渐老，都忘却春风词笔。但怪得竹外疏花，香冷入瑶席"（《暗香》），也是相似的叹惋，只不过姜夔寄意于梅，李煜借话于柳罢了。

题《金楼子》后（并序）①

梁元帝谓②："王仲宣昔在荆州③，著书数十篇。荆州坏，尽焚其书。今在者一篇，知名之士咸重之④。见虎一毛，不知其斑⑤。"后西魏破江陵⑥，帝亦尽焚其书，曰："文武之道，尽今夜矣。"何荆州坏、焚书二语，先后一辙也⑦。诗以慨之。

牙签万轴裹红绡⑧，王粲书同付火烧。
不是祖龙留面目⑨，遗篇那得到今朝。

【注释】

①《金楼子》：书名。梁元帝萧绎（自号金楼子）撰。原有十卷，共十五篇，至明代散佚。今存本六卷，共十四篇，系辑自《永乐大典》。

此书内容广泛，所征引之周秦古籍，有为近世所未见者。

②梁元帝：萧绎，字世诚，小字七符，自号金楼子，梁武帝萧衍第七子，梁简文帝萧纲之弟，公元552年称帝于江陵，死后庙号世祖。

③王仲宣：王粲，汉末文学家，字仲宣，山阳高平人，博学多识，善属文，有诗名，为建安七子之一。汉末动乱时，他曾前往荆州依附荆州牧刘表。

④咸：都。

⑤见虎一毛，不知其斑：比喻不能知道全貌。

⑥江陵：在今湖北荆州，当时是梁国的都城。

⑦一辙：同一车轮碾出的痕迹，比喻趋向相同。

⑧牙签：系在书卷上作为标识，以便翻检的牙骨等制成的签牌。这里代指书籍。红绡：红色薄绸，这里指红绡做成的书衣。

⑨祖龙：指秦始皇。《史记·秦始皇本纪》："（三十六年）秋，使者从关东夜过华阴平舒道，有人持璧遮使者曰：'为吾遗滈池君。'因言曰：'今年祖龙死。'"裴骃《集解》引苏林曰："祖，始也；龙，人君象。谓始皇也。"

【评析】

本诗是李煜对古人焚书的几件史事抒发感慨的作品，应该作于李煜亡国之前。

此诗的小序介绍了两件虽然前后相隔两百余年，却如出一辙的焚烧书籍之事。首先是东汉末年的名士，后人称为"七子之冠冕"（南朝梁刘勰《文心雕龙》）的王粲。他在荆州时著书几十篇，当动荡之时又把这些文章烧掉了，后来仅仅保存下来一篇，以至于人们非常惋惜不能看到这些作品的全貌。然后，就是梁元帝萧绎的"江陵焚书"事件。萧绎在历史上是一个著名的爱读书的皇帝。唐姚思廉《梁书》

载："世祖聪悟俊朗，天才英发。年五岁，高祖问：'汝读何书？'对曰：'能诵《曲礼》。'高祖曰：'汝试言之。'即诵上篇，左右莫不惊叹。"唐李延寿《南史》载："（萧绎）及长好学，博极群书。……性爱书籍，既患目，多不自执卷，置读书左右，番次上直，昼夜为常，略无休已，虽睡，卷犹不释。五人各伺一更，恒致达晓。常眠熟大鼾，左右有睡，读失次第，或偷卷度纸。帝必惊觉，更令追读，加以榎楚。虽戎略殷凑，机务繁多，军书羽檄，文章诏诰，点毫便就，殆不游手。常曰：'我韬于文士，愧于武夫。'论者以为得言。"萧绎幼年时就有一目失明，但却酷爱读书，让人朗读给他听。五岁就能诵《曲礼》，即使后来军政繁忙之时，也喜欢读书写文章。就是这样一位"性爱书籍"的皇帝，却同时又是一位祸害文献典籍的罪人。在西魏军队包围都城江陵、王朝危在旦夕之际，原本爱好书籍的萧绎，"乃聚图书十余万卷尽烧之"（《南史》）。史书说他"好矫饰，多猜忌"，性格十分极端。这样的性格使得他在绝望愤懑之时，竟然不惜派人点火烧掉了自己多年收集的大量藏书，南朝的皇家藏书因此损失殆尽，这是中国书籍史、文化史上的一次重大灾难。

李煜也是一位精通文艺的皇帝，对梁元帝一面可惜王粲焚书、一面自己却也焚书的事件十分慨叹，便写了本诗表达惋惜。装帧精美的万卷藏书，最后落得跟王粲所著书一样被火焚的下场，实在可惜。历史上焚书最著名的秦始皇，其实也没有这么极端。汉司马迁《史记》载："（秦始皇）三十四年……丞相李斯曰：'五帝不相复，三代不相袭，各以治，非其相反，时变异也。今陛下创大业，建万世之功，固非愚儒所知。且越言乃三代之事，何足法也？异时诸侯并争，厚招游学。今天下已定，法令出一，百姓当家则力农工，士则学习法令辟禁。今诸生不师今而学古，以非当世，惑乱黔首。丞相臣斯昧死言：古者天下散乱，莫之能一，是以诸侯并作，语皆道古以害今，饰虚言以乱实，人善其所私学，以非上之所建立。今皇帝并有天下，别黑白而定一尊。私学而相与非法教，人闻令下，则各以其学议之，入则心非，出则巷议，夸主以为名，异取以为高，率群下以造谤。如此弗禁，则主势降乎上，党与成乎下。禁之便。臣请史官非《秦记》皆烧之。非博士官所职，天下敢有藏《诗》《书》、百家语者，悉诣守、尉杂烧之。有敢偶语《诗》《书》者弃市。以古非今者族。吏见知不举者与同罪。令下三十日不烧，黥为城旦。所不去者，医药卜筮种树之书。若欲有学法令，以吏为师。'制曰：'可。'"因为当时的博士淳于越等人反对秦朝的制度，倡议分封制，丞相李斯建议干脆禁毁这些以古非今的学说，得到了秦始皇的同意。这就是秦始皇"焚书"的由来。但是秦始皇焚书的恶名虽然流传久远，但其实还是有所节制的，允许在得到朝廷任命的博士官那里保存一些重要文化典籍，同时允许一般人留下医药、卜筮、种树等技术性书籍。所以李煜才叹息，即使是秦始皇，也尚且给文化典籍留下了一线生机，没有梁元帝那么极端。

在了解了相关的史实后，此诗并不难理解。然而让后人又增慨叹的是，曾经写这首诗怜惜图书典籍的李后主，在自己亡国之时，竟然也和梁元帝一样派人点火焚书。南宋陆游《南唐书》载："元宗、后主俱喜书法，元宗学羊欣，后主学柳公权，皆得十九。购藏钟、王已来墨帖至多，保仪实掌之。城将陷，后主谓之曰：'此皆先帝所宝，城若不守，汝即焚之，无为他人得。'及城陷，悉焚无遗者。"喜欢书法的李煜，竟然在都城将要被攻破时，安排自己的妃子把收藏的钟繇、王羲之等古代著名书法家的墨帖付之一炬。历史真是会开玩笑，李煜写本篇诗歌时应该万万没有想到，自己有朝一日竟然也会重蹈覆辙、走上自己曾经所鄙夷的道路吧！后之视今，亦犹今之视昔，悲夫！事到临头，李煜何以让后人复哀后人？

五律

挽辞（其一）

珠碎眼前珍^①，花凋世外春。
未销心里恨，又失掌中身^②。
玉笥犹残药^③，香奁已染尘^④。
前哀将后感^⑤，无泪可沾巾。

【注释】

　①珠碎：喻伤子，亦泛指人亡。

　②掌中身：相传汉成帝的皇后赵飞燕体态轻盈，能为掌上舞。《白孔
六帖》："赵飞燕体轻能为掌上舞。"

　③笥：盛衣物或饭食等的方形竹器。

　④香奁：妇女妆具。盛放香粉、镜子等物的匣子。

　⑤将：又，且。

【评析】

　本诗是李煜悼念妻子和孩子的作品。《全唐诗》在此诗题下注云：
"宣城公仲宣，后主子。小字瑞保，年四岁卒。母昭惠先病，哀苦增
剧，遂至于殂。故后主挽辞，并其母子悼之。"马令《南唐书》载：

"（昭惠）后生三子皆秀嶷。其季仲宣，僄宁清峻，后尤钟爱，自鞠视之。后既病，仲宣甫四岁，保育于别院，忽遭暴疾，数日卒。后闻之，哀号颠仆，遂致大渐。"在昭惠皇后周娥皇所生的三子中，幼子仲宣自小就很聪慧，昭惠皇后特别喜欢他，亲自养育。后来周娥皇生病了，刚刚四岁的仲宣只好交给别人看管养育。不久，仲宣突发疾病，只过了几天就去世了。听到这样的噩耗，本就在病中的周娥皇受不了如此沉重的打击，很快病危。四库全书本陆游《南唐书》对这场"暴疾"有更详细的记载："宋乾德二年，仲宣才四岁。一日，戏佛像前，有大琉璃灯为猫触堕地，划然作声，仲宣因惊痫得疾，竟卒。追封岐王，谥怀献。时昭惠后已疾甚，闻仲宣夭，悲哀更剧，数日而绝。"四岁的仲宣在嬉戏时由于突然受到惊吓，竟然一病不起夭折了。其母周娥皇得知后病情雪上加霜，也溘然长逝。因为是母子接连亡故的惨痛经历，所以李煜写的悼诗兼顾了对两人的思念之情。

全诗的首联分别用珠碎、花凋两种美好事物的消逝来隐喻丧子、亡妻之痛。中间两联都形容两次变故的时间距离很近。其中额联是直接陈述，丧子的旧恨还没消除，就又失去了美人。颈联则选择了侧面描写，精美的食盒中还有剩下有小儿没有服用完的药物，暗示仲宣夭折不久；美人的梳妆匣蒙上了一层灰尘，暗示无人再使用，女主人已经不在了。尾联总结前文，由于前后迭次打击的哀感，以至于眼泪都流干了。

挽辞（其二）

艳质同芳树①，浮危道略同②。

正悲春落实③，又苦雨伤丛④。

秾丽今何在，飘零事已空。

沉沉无问处⑤，千载谢东风。

【注释】

① 艳质：艳美的资质，形容美人。

② 浮危：动荡危险。

③ 落实：结出果实。

④ 丛：丛生的草木花卉。

⑤ 沉沉：形容音信杳无。

【评析】

本诗是李煜悼念妻子的作品，与上一首诗是一组。但上一首诗是一并悼念母子二人，而这首诗则更多是在思念亡妻周娥皇。全诗的第一句是整首诗的立意基础，即把艳质美人比喻为芳树，后文都是借描写"芳树"展开的。佳人的命运同芳树一样充满动荡不定的危险，春风花落，苦雨摧残，都使得芳华折损。风雨之后，芬芳何在？只落得飘零成空而已。芳树如此，人亦如此，音信全无，天人永隔。

此诗的悼亡主旨虽然很清楚，但是在对细节的解读上仍然有不少歧见。特别是对于"芳树""落实"的理解，分歧颇大。一种观点是认为，"芳树"是比喻昭惠皇后周娥皇，如"将艳质丽姿的大周后与芳树相比，喻其芳洁白"（刘孝严注译《南唐二主词诗文译注》）；"落实"则是在形容花落，暗示周娥皇的不幸，如"风雨吹落了春花，也摧折了芳丛"（同上）。另一种观点则认为，"芳树""落实"都是代指李煜夭折的儿子仲宣。如有的学者说："'艳质'指妻，'芳树'指子；'果实'指子，'花丛'指妻。"（王晓枫解评《李煜集》）又如"芳

树：泛指嘉木。这里指代次子仲宣。"（张玖青编著《李煜全集》）

笔者认为，还是取第一种理解，把"芳树""落实"都看作是在悼念周娥皇更顺畅一些。首先，"芳树"这一带有柔美气质的物象，经常都是用来比喻美人的，如"芳树似佳人，惆怅余何极"（南朝江孝嗣《北戍琅邪城诗》）。如果要把这个"芳树"解释为幼年男子仲宣，与古人习见的用法不合。此诗首句不入韵，在使用"芳树"一词的位置上，也就没有什么凑韵脚之类的相对较难的格律限制。因此，诗人完全可以从容地使用其他更贴切的意象来形容夭折的幼子（比如上一首诗中的"珠碎"），何必生造一个如此冷僻费解的本体与喻体关系呢？

其次，凡是把"正悲春落实"理解为正为仲宣夭折而悲伤的，都是把"果实"当作指孩子，把"落实"的本义理解为果实掉落，进而认为"落实"的比喻义是孩子夭亡。这恐怕对"落实"的本义就有误解。李煜诗中写的是"春落实"，春天正是花开花落、果实至多刚刚结出的时节，怎么会是指果实掉落？对于中国古典诗词，除非是像《上邪》那样故意反其意而行的作品，否则都不宜随便违背自然常理来解读。"落"字本来就有"开始"的意思，《尔雅》云："落，始也。"在李煜此诗中，"落实"正是指果实初生，正是春天正常的自然景象。"落实"此意在古人诗中数见不鲜。如"残花已落实，高笋半成筇"（唐韦应物《园亭览物》）；又如"朝云唵霭忽萧辰，才过花开落实新"（清陈廷敬《木瓜》）。在上述诗中，"落实"都是指果实初生，而不是果实掉落。但果实初生就意味着花谢，所以"正悲春落实"，悲的不是果实掉落，而是芳树花落。花落是形容美人逝去的，所以是在悼惜周娥皇。由此可见，《挽辞》（其二）全诗的重心前后十分统一，始终是围绕悼念周娥皇来写的，和《挽辞》（其一）兼写母子二人不一样。

悼诗

永念难消释^①，孤怀痛自嗟。
雨深秋寂莫^②，愁引病增加。
咽绝风前思^③，昏蒙眼上花^④。
空王应念我^⑤，穷子正迷家^⑥。

【注释】

① 永念：念念不忘。

② 寂莫：同"寂寞"。

③ 咽绝：哽咽欲绝。

④ 昏蒙：指眼光昏花，蒙眬。

⑤ 空王：佛教语，佛的尊称。佛说世界一切皆空，故称"空王"。

⑥ 穷子：据《法华经》载，有穷子自幼舍父逃逝，这里借以形容幼子夭亡离父而去。

【评析】

本诗是李煜悼念幼子仲宣的作品。《全唐诗》在此诗题下注云："仲宣卒，后主哀甚，然恐重伤昭惠，常默坐饮泣而已，因为诗以写志，吟咏数四，左右为之泣下。"这段话基本都是照录自马令《南唐书》，说明了李煜此诗悼念的对象是在四岁时就夭折的儿子仲宣。

这也是一首总体主旨虽然明确，但是对诗中部分词句的解释充满分歧的作品。首联说幼子夭折之痛，让人难以忘怀、痛苦嗟叹。其中的"孤怀"，有的人解释为："孤怀，我怀。李煜为南唐国主，帝王自称孤。"（刘孝严注译《南唐二主词诗文译注》）有的人则解释为

"孤独"。(王晓枫解评《李煜集》、蒋方编选《李璟李煜集》)前一种对"孤"的解释不太合适。一方面，此诗通首用对偶，"孤怀"对"永念"，"永"是长久，而"孤"应该就是"孤独"之意。另一方面，《南唐书》也已经讲得很清楚："然恐重伤昭惠，常默坐饮泣而已，因为诗以写志。"此诗是李煜由于害怕加重昭惠皇后周娥皇的病情，独自一人默默承受苦痛而写的作品，"孤"正是点明此旨的关键词，自然不能解释为帝王的自称。

中间两联，"寂莫"正是照应着上文的"孤怀"来写，是充满丧子之痛却又无人可以倾诉的寂寞。风雨凄凉，泪眼迷蒙，分别从自然环境和主人公本身的神情动作两方面来细致刻画孤寂的情状。

尾联是受到沉重打击后的李后主希望从佛陀那里求得慰藉的呼唤。其中，对于末句的"穷子"，各家解释尤多异见。其一，有的解释为"走投无路的人"（蒋方编选《李璟李煜集》）。该书随后又举丁令威辽东鹤的典故，说"此事常用以表示物是人非之感。后佛教徒又用以表示迷失路径而祈请佛的指引。"这里把"穷"释为"走投无路"，也就是命运困穷之穷，但又没有指明究竟是谁困厄迷途，比较含糊。其二，有的释为诗人自己。如"穷子，找不到途径的人。此诗人自指。"（刘孝严注译《南唐二主词诗文译注》）"找不到途径"应该是对应"迷"才对，这里实际上一笔带过没有解释"穷"，只不过指明了"子"是诗人自己，也就是认为上句"应念我"的"我"就是末句的"穷子"。其三，有的释为李煜夭折的儿子。如"穷子，走上不归之路的儿子。"（王晓枫解评《李煜集》）其中的"不归之路"，可以说是把"迷途"与"困厄"糅合在一起来解释"穷"。其四，解释为贫穷之神。如"穷子，贫穷之神。韩愈《送穷文》自注引《文宗备问》云：'颛顼高辛时，宫中生一子，不著完衣，宫中号为穷子。其后正月晦死，宫中葬之，相谓曰："今日送却穷子。"自尔相承送

114

之。'"（陈贻焮主编《增订注释全唐诗》）其五，解释为佛教中没有功德法财之人。如"穷子：佛教语，法华经七喻之一。三界生死之众生，譬之无功德法财之穷子。"（张玖青编著《李煜全集》）

这五种对"穷子"的解释，没有一种是十分贴切的。由于李煜笃信佛教，我们对于"穷子"，必须与上句中的"空王"所提示的佛教因素相联系，才能找到真正的典故出处。最接近正解的是第五种解释，提示了"穷子"典故的正确出处。《法华经·信解品》记载了一则故事："譬若有人年既幼稚，舍父逃逝久住他国……"这个舍弃父亲的人后来非常穷困，他在为了谋求衣食而游行四方时，又与生父相遇，却不能认出和接受自己非常富有的父亲。父亲只好慢慢去接触和启发自己迷途的孩子，终于使孩子收获了宝藏。《法华经》是以这位富有的父亲来比喻佛，以贫穷的孩子来比喻迷悟不识佛法的众生，所以这个故事被称为"穷子喻"。

由此可知，将李煜诗所用典故解读为丁令威化鹤归来的故事或者韩愈的《送穷文》，都是误解。根据原典，"穷子"之"穷"，意思就是贫穷。所以，凡是将李煜诗中的"穷"上升为命运的困厄的解释，都不是太妥帖。但李煜运用此典，主要却又只是借重这个故事开头的情节，即幼年的孩子离开父亲而去。他是以这样的"穷子"去借指同自己永诀而去的殇子仲宣，而不是侧重去阐发什么佛教的义理。所以，也不能像第五种解释一样，直接就搬用"穷子喻"，把"穷子"释为"没有功德法财之人"。李煜在尾联真正想表达的，是自己在无人可以诉说痛苦时，相信或者说希望佛能感念和理解他这个失去孩子的可怜人。在这中间，他隐隐又有一种期盼，渴望佛法显灵，仲宣能像那迷途的穷子一样最终开悟，再回到自己身边。

梅花（其一）

殷勤移植地，曲槛小阑边^①。
共约重芳日^②，还忧不盛妍。
阻风开步障^③，乘月溉寒泉。
谁料花前后，蛾眉却不全^④。

【注释】

① 曲槛：曲折的栏杆。

② 重：再次。

③ 步障：用以遮蔽风尘或视线的一种屏幕。

④ 蛾眉：蚕蛾触须细长而弯曲，因以比喻女子美丽的眉毛，这里用作美女的代称。

【评析】

本诗是李煜睹物思人、悼念亡妻的作品。诗有一组两首，另一首为五言绝句，见本书前文。

李煜曾与昭惠皇后周娥皇一同种植梅花，这首诗就是通过叙写与之有关的往事来展开的。首联点明精心移植的梅花所在的地点，主人公来此"曲槛小阑边"的故地，触动了对往事的回忆。颔联和颈联承全诗开头的"殷勤"二字而来，移栽好梅花后，李煜就与大周后相约等待春来再度开花的时候。他们生怕花长不好，张开步障为梅花挡风，乘着月色还认真灌溉清凉的泉水，这些细心得乃至有些过度的照料，都是"殷勤"的写照。殷勤既是这种种呵护梅花的举措之频繁，更彰显的是两人之间柔情爱意的殷切。尾联从对梅花往事的美好回忆中回过神来，现实却是如此残酷，主人精心护花，花虽再开而故人已不在，形成一种反差和情感的冲击。至此，前文对惜花、护花的过程的描写，进而就带有惜人、怜人的意味，惜人而人终"不全"，更折射出主人公无可奈何的沉痛。

李煜这种对梅花的"殷勤"呵护，有史书可以参证。宋代佚名《五国故事》记载："煜，璟之次子，本名从嘉，嗣伪位，乃更今名。有辞藻，善笔札，颇亦有慧性，而尚奢侈。尝于宫中以销金红罗幕其壁，以白银钉玳瑁而押之。又以绿钿剔隔眼中，糊以红罗，种梅花于其外。又于花间设彩画小木亭子，才容二座，煜与爱姬周氏对酌于其中。"从文中"嗣伪位"的说法，可知《五国故事》乃是宋朝人所写。这就导致该书作者是站在敌国的对立面来审视李煜的，因此他才把李煜用贵重的销金红罗给梅花做屏风的行为批评为"奢侈"。只不过由这首《梅花》诗可知，在李煜自己看来，他是毫未感觉到此事有何"奢侈"的，有的反而只是一片深情款款的"殷勤"。

病中感怀

憔悴年来甚①，萧条益自伤②。
风威侵病骨，雨气咽愁肠。
夜鼎唯煎药，朝髭半染霜③。
前缘竟何似，谁与问空王。

①年来：近年以来或一年以来。

②益：更加。

③髭：嘴唇上面的胡须，这里泛指胡须。

【评析】

本诗是李煜的病中遣怀之作。首联和颔联都有互文的意味，叙述风雨侵逼的自然环境和诗人愁病交加的身心状况。虽然本诗主要是写此时此际的病况，但其中的"年来甚"一语，又反映出李煜的病反复不断、迁延日久，在平日里就身体憔悴，近来又更加厉害了。这从诗歌创作艺术的角度来说，有点面结合之妙。当人已憔悴不堪时，所处的环境更形萧条，颔联的风威、雨气都是承上文的"萧条"二字而来，是对萧条境况的具体刻画。鼎本是古雅之器，显示出主人公不凡的品位和情趣。然而夜晚的鼎中不是点着熏香，不是用来烹茶，而只是煎药，反衬出现实的枯寂。都说一日之计在于晨，本该充满朝气的早晨却看见自己发白的髭须，不能不带来一种打击和失意之感。全诗的前六句，已经积累了病中的种种苦，逼出尾联的一问，究竟是怎么样的前缘，才造成此生的诸多磨难？李煜全诗主要都在叙述病中的苦况，而没有点破是什么造成自己的久病不愈。

有的人认为："从诗意看，写作时间当在昭惠皇后亡后至国亡前这一段时间。"（王晓枫解评《李煜集》）也有的人认为："诗中'萧条'二字交代了李煜此时的生活，已经没有了侍从簇拥、嫔娥相伴的富贵繁华。他是旧日的南唐君主，今日的宋人囚徒，生活不唯冷清，对比过去，尤觉萧条。诗写在入宋之后应该无疑。"（蒋方编选《李璟李煜集》）李煜在愁病之中不喜欢热闹喧阗，不管是否亡国，摒退部分随从都是有可能的；何况诗人带有主观情绪描绘的"萧条"，本来就不能完全当作客观陈述的史实去理解，仅凭这二字就推断这是李煜亡国之后的作品，还是显得有些臆断了。尾联的"前缘"，可以让读者联想到李煜一生的种种因缘与苦果。幼子夭折、爱妻病故、国势危急、南唐亡国，这些都有可能使他忧愁成疾。我们难以仅凭诗句本身就遽断此诗确切的写作时间，因此似乎不必强作解会。

七律

九月十日偶书

晚雨秋阴酒乍醒，感时心绪杳难平^①。
黄花冷落不成艳，红叶飕飗竞鼓声^②。
背世返能厌俗态^③，偶缘犹未忘多情^④。
自从双鬓斑斑白，不学安仁却自惊^⑤。

【注释】

① 杳：幽暗。

② 飕飗：象声词，风雨声。

③ 背世：背弃世俗。

④ 忘多情：无喜怒哀乐之情。《世说新语·伤逝》："王戎丧儿万子，山简往省之，王悲不自胜。简曰：'孩抱中物，何至于此！'王曰：'圣人忘情，最下不及情；情之所钟，正在我辈。'简服其言，更为之恸。"

⑤ 安仁：晋代潘岳字安仁，三十二岁鬓发斑白。潘岳《秋兴赋》："余春秋三十有二，始见二毛。"

【评析】

本诗是李煜秋日抒怀的作品，从诗中的用典推断，很可能寄托了

120

亲人亡故的哀思。全诗是由景及情的写法。开篇的阴沉天色和绵绵秋雨，照应着黯淡难平的心绪。时间已"晚"，酒却只是刚刚醒，更提示着主人公已经在醉酒消沉中度过了大半天，而一旦用来麻醉自己的酒醒了，他就立即又陷入愁思之中。在风雨之中，黄花冷落失去了光彩，红叶飘零像鼓点般密集，这肃杀零落的景致是主人公心境的写照。后文接着便直叙人情，作者双鬓斑白，背弃世俗，却还是不能完全忘情。

诗中的"偶缘"二字，反映着李煜的人生信仰。"缘""缘分""因缘"等词今天已经完全融入中国的日常社会生活了，以至于很多时候人们都不太了解或者在意其来源。这些词常用于佛经的意译，佛教谓使事物生起、变化和坏灭的主要条件为因，辅助条件为缘。

李煜自号莲峰居士，就是他笃信佛教的体现。"'莲花'在佛教中是最为常见的譬喻和形象，有'微妙香洁'的功德，而又以'微妙'之功德代表智慧，以'香洁'代表慈悲德行，以喻大乘菩萨智悲双运，为悲悯众生，而发弘愿，于五浊恶世中行难忍之行救度终生，却又不为五浊所染，如同莲花生于淤泥之中却不为所染。"（王彬译注《法华经·前言》）所以莲花在佛教中运用极多，像佛教所说的西方极乐世界常被称为"莲花世界"或"莲花界"；佛陀说法时的座位常作莲花形，称为"莲花座"或"莲座"；《妙法莲华经》（通常略称为《法华经》）则是大乘佛教的重要经典之一，等等。而"居士"一词，古代原指有德才而隐居不仕或未仕的人，后来常被用来借指在家修行的人，特别是用以称呼在家的佛教徒。

李煜虽然贵为君王，同时却又是以一个在家修行的佛教徒自居的。马令《南唐书》记载他："命境内崇修佛寺，又于禁中广署僧尼精舍，多聚徒众。国主与后顶僧伽帽，衣袈裟，诵佛经，拜跪顿颡，至为瘤赘。由是建康城中僧徒迨至数千，给廪米缗帛以供之。"又载："至汴日，登普光寺，擎拳赞念久之，散施缯帛甚众。"陆游《南唐书》也记载："然酷好浮屠，崇塔庙，度僧尼不可胜算。罢朝辄造佛屋，易服膜拜，以故颇废政事。"他的这些作为，虽然比不上南朝时三度舍身出家的梁武帝萧衍，但也正如陆游所说，算得上是"酷好浮屠"了。

在佛教的世界观里，缘起缘灭，生灭无常，佛理会认为不要执着于这些无常之缘，这样才能避免痛苦。所以，俗世的缘分在李煜诗中才被称为"偶缘"，它是偶然的，不值得留念的。但李煜却在明知缘起偶然的情况还是不能忘情，更可见此情之深之重。李煜虽然没有明说为何事而多情，但《世说新语》有关"忘情"的典故，原是用于丧子之痛的，这与李煜的经历相似。陆游《南唐书》记载："后主二子仲寓、仲宣皆昭惠周后所生……仲宣小字瑞保，与仲寓同日受封，仲宣封宣城公，三岁诵《孝经》不遗一字。宫中燕侍合礼如在朝廷，昭惠后尤爱之。宋乾德二年（964），仲宣才四岁。一日，戏佛像前，有大琉璃灯为猫触堕地，划然作声，仲宣因惊痫得疾，竟卒，追封岐王，谥怀献。后先属疾，闻仲宣殁，悲哀更剧，数日而绝。"李煜的次子仲宣四岁夭折，其生母昭惠皇后周娥皇听到这个消息，病情加重。据史书记载，她不久后也去世了。

丧子之后又丧妻，这对李煜而言无疑是接踵而来的打击。由此，便能理解诗中的尾联为什么会提到潘岳。潘岳有《思子诗》追念他早夭的孩子："造化甄品物，天命代虚盈。奈何念稚子，怀奇陨幼龄。追想存仿佛，感道伤中情。一往何时还，千载不复生。"至于潘岳怀念亡妻的《悼亡诗》三首，更是悼亡题材的早期名篇。如其一云："荏苒冬春谢，寒暑忽流易。之子归穷泉，重壤永幽隔。私怀谁克从，淹留亦何益。僶俛恭朝命，回心反初役。望庐思其人，入室想所历。帏屏无仿佛，翰墨有馀迹。流芳未及歇，遗挂犹在壁。怅恍如或存，周遑忡惊惕。如彼翰林鸟，双栖一朝只。如彼游川鱼，比目中路析。春风缘隙来，晨溜承檐滴。寝息何时忘，沈忧日盈积。庶几有时衰，庄缶犹可击。"潘诗中就写到了自己精神恍惚的"惊惕"状态，正可以与李煜诗的"自惊"相呼应。

秋莺

残莺何事不知秋，横过幽林尚独游。
老舌百般倾耳听，深黄一点入烟流^①。
栖迟背世同悲鲁^②，浏亮如笙碎在缑^③。
莫更留连好归去，露华凄冷蓼花愁^④。

【注释】

①深黄：用莺的颜色代指莺。

②栖迟：游息。悲鲁：《庄子·至乐》："昔者海鸟止于鲁郊，鲁侯御而觞之于庙，奏《九韶》以为乐，具太牢以为膳。鸟乃眩视忧悲，不敢食一脔，不敢饮一杯，三日而死。"

③浏亮：亦作"浏浏"，清楚明朗。如笙碎在缑：汉刘向《列仙传》："王子乔者，周灵王太子晋也。好吹笙，作凤凰鸣。游伊洛之间，道士浮丘公接以上嵩高山。三十余年后，求之于山上，见桓良曰：'告我家：七月七日待我于缑氏山巅。'至时，果乘白鹤驻山头，望之不得到，举手谢时人，数日而去。"后因以为修道成仙之典。这里是说莺啼清朗，如同缑氏山仙人作凤鸣般的笙音。

④露华：露水。

【评析】

本诗是李煜托物抒怀的作品，诗中有隐遁避世之意。诗中描绘了一只秋天的黄莺，但春天才是莺歌燕舞的季节，而秋天则是个凋残肃杀的季节。欧阳修《秋声赋》就说："夫秋，刑官也，于时为阴；又兵象也，于行用金，是谓天地之义气，常以肃杀而为心。"在这样的季节里，一只黄莺却还兀自在幽暗的树林里遨游，没有注意到肃杀的危险，可不是不懂事不知秋吗，因此称这只莺为残莺。尽管这只莺也百般娇鸣、色泽美丽，可惜仍然与世事人情相违背。既然与世相违，何不好好随春归去呢，那样才能免受深秋蓼花的冷落凄凉之苦。

对于此诗中的"悲鲁"二字，由于用典的指向性并不是太明确，导致了读者对诗意有颇为不同的见解。最简单化的理解，是把"鲁"直接解释为"鲁钝"，如"鲁，迟钝笨拙"（王晓枫解评《李煜集》），但这显然有些失之过浅了。七言律诗的中间两联，按照格律惯例应该使用对偶，尤其是第三联，更是比较严格地要求使用对偶。这就意味着，处于第三联中的"鲁"字是与下句的"猴"字相对应的。"猴"明显是指"猴山"，历来注家都对此没有异议。既然"猴"是一个地名，那么"鲁"自然也应该是一个地名，通常是指鲁国，而不会是作为一个形容词"鲁钝"。

"悲鲁"究竟用了什么典故，又有两说。其一，是认为出自《庄子·至乐》，讲述鲁侯以人间的最好的酒食音乐款待海鸟，海鸟却在惊扰忧悲中死去的故事。刘孝严注译《南唐二主词诗文译注》、陈贻焮主编《增订注释全唐诗》等，均作此解。其二，是认为出自《史记·孔子世家》："鲁哀公十四年春，狩大野。叔孙氏车子鉏商获兽，以为不祥。仲尼视之，曰：'麟也。'取之。曰：'河不出图，雒不出书，吾已矣夫！'颜渊死，孔子曰：'天丧予！'"及西狩见麟，曰：

'吾道穷矣！'喟然叹曰：'莫知我夫！'子贡曰：'何为莫知子？'子曰：'不怨天，不尤人，下学而上达，知我者其天乎！'"有些学者将此典解释为鲁国将亡，并把李煜化用此典解读为抒发亡国之痛，如蒋方编选《李璟李煜集》等即作此解。

本书注解取了第一种用典。一方面，因为《史记·孔子世家》本是在描述孔子暮年的情况，当时孔子认为自己的人生要走到尽头了，却没有大展宏图施行自己主张的机会，因而颇多悲慨。至于鲁国最后亡国，是200余年后的事情。所以，如果将孔子的悲伤释为担忧鲁国将亡，就显得有些牵强。而且《史记·孔子世家》所述仅仅切合"悲鲁"二字，与李煜的诗题"秋莺"没有什么直接关系，如果真是这样用典，未免太让读者费解了。而《庄子·至乐》则既与"悲鲁"关合，又描述的是"海鸟"，也是有关鸟类的典故，显然要贴切得多。另一方面，"悲鲁"对应的下文用了王子乔于缑山作别尘世、升仙而去的传说，正与《庄子·至乐》的旨趣相合，都有出世之意。《至乐》篇在叙述鲁鸟忧悲而死的故事后，有这样一段带有评论性质的话："此以己养养鸟也，非以鸟养养鸟也。夫以鸟养养鸟者，宜栖之深林，游之坛陆，浮之江湖，食之鳅鲦，随行列而止，委蛇而处。彼唯人言之恶闻，奚以夫诐诐为乎！《咸池》《九韶》之乐，张之洞庭之野，鸟闻之而飞，兽闻之而走，鱼闻之而下入，人卒闻之，相与还而观之。鱼处水而生，人处水而死。彼必相与异，其好恶故异也。故先圣不一其能，不同其事。名止于实，义设于适，是之谓条达而福持。"鸟有鸟的心性和生活，一般人类所汲汲的富贵，所追慕的锦衣玉食、礼乐祭祀，不但不会帮到它，反而会害了它。只有远离人世纷扰，行自然之道，才会有生机。

这种避世全身的旨意，贯穿全诗。但所避的具体是什么，也有争议。许多学者都把此诗解读为李煜亡国后的作品，如"当是李煜失国被俘后的作品，透露了亡国之君的处境遭遇"（刘孝严注译《南唐二主词诗文译注》）；又如"从诗意看，当作于南唐亡国李后主过着囚俘生活之时"（王晓枫解评《李煜集》）。但另一种观点也很值得留意。张玖青编著《李煜全集》认为："从诗的内容而看，《秋莺》当是李璟原册立的太子从寓（编者按：当为"李从冀"）鸩杀其叔父燕王景遂之后，李煜为逃避残酷的夺嗣而决定隐居时所作。"

　　如果把全诗解读为李煜亡国后希望避祸保命，虽然也勉强可通，但是不如后一种观点好。从个人心理层面而言，李煜亡国之后，诸如"往事已成空。还如一梦中"（《子夜歌》）、"流水落花春去也，天上人间"（《浪淘沙令》）等词句，都屡屡透露出他彻底绝望的情绪，绝不是"不知秋"的麻木迟钝，也不似此诗尚且有一种希冀。他经常痛苦不堪，日夕以泪洗面，可以说是毫无值得"留连"的地方，又何须自我劝慰"莫更留连"？从现实道路而言，亡国后的李煜受到软禁和严密监视，又哪有"好归去"的机会。如果把全诗解读为躲避争夺皇位继承权的政治漩涡，诗中的描写就都比较贴切了。特别是海鸟厌弃庙堂的荣华、王子成仙远离尘嚣两个典故，都非常切合李煜尚为皇子时的心态。史书对此也有记述："文献太子（编者按：即李从冀，又作"李弘冀"，南唐中主李璟长子，"文献"是其谥号）恶其有奇表，从嘉（编者按：李煜原名李从嘉）避祸，惟覃思经籍。"（宋陆游《南唐书》）李从冀一直热衷皇位，长期警惕着自己的弟弟，还毒死了叔父李景遂。李煜为了避祸，曾远离争斗，专心攻读文史书籍。虽然难以确指《秋莺》一诗到底是作于李景遂死前还是死后，但认为此诗与夺位相关，是一种更合理的推测。

病起题山舍壁

山舍初成病乍轻，杖藜巾褐称闲情^①。
炉开小火深回暖，沟引新流几曲声。
暂约彭涓安朽质^②，终期宗远问无生^③。
谁能役役尘中累^④，贪合鱼龙构强名^⑤。

【注释】

①杖藜：藜杖，拐杖。巾褐：头巾和褐衣，是古代平民的服装。

②彭涓：彭祖和涓子的并称，二人均为传说中的长寿者。

③宗远：宗炳和慧远，一说是雷次宗和慧远，都是东晋南朝时期的方外隐士。无生：佛教语，谓没有生灭，不生不灭。

④役役：劳苦不息貌。

⑤鱼龙：鱼龙混杂，比喻好的和坏的混杂在一起。强名：勉强称作，虚名。《老子》："有物混成，先天地生，寂兮寥兮，独立而不改，周行而不殆，可以为天下母。吾不知其名，字之曰道，强为之名曰大。"

【评析】

本诗是李煜抒发避世之情的作品。该诗是诗人从病中恢复过来后，写在墙壁上的作品。这墙壁不是深宫大院的墙壁，而是"山舍"，也就是山中的房舍。这座充满山林野趣的房舍刚刚落成，主人公的病也刚好轻了。这也许只是纯粹的巧合，但诗人把它们放到一起写出来，就好似冥冥之中有一种天意在启示二者的因缘，仿佛上苍在提醒诗人回归山林才能安养生命。因此，下文都是顺着山舍与生命的谐适这一主题来展开的。"杖藜巾褐"是诗人的装束，他穿着朴素，携杖登山，正与自在潇洒的闲情逸志相称。开火取暖，但火是小火，不是暴烈迅猛的火；新流悦耳，水也是潺潺细水，不是大声澎湃的巨浪。一切景物都体现出一种"适度"，一种节制，一种恰到好处的自足。

"彭涓"是彭祖和涓子两人的并称。署名西汉刘向的《列仙传》记载："彭祖者，殷大夫也。姓篯，名铿，帝颛顼之孙，陆终氏之中子。历夏至殷末，八百余岁。常食桂芝，善导引行气。历阳有彭祖仙室，前世祷请风雨，莫不辄应。常有两虎在祠左右，祠讫地即有虎迹云。后升仙而去。"又载："涓子者，齐人也。好饵术，接食其精，至三百年乃见于齐。著《天人经》四十八篇。后钓于荷泽，得鲤鱼，腹中有符。隐于宕山，能致风雨。受《伯阳九仙法》，淮南王安，少得其文，不能解其旨也。其《琴心》三篇，有条理焉。"彭祖、涓子，一个活了八百余岁，一个活了三百年，都是传说中的仙人。诗人说"约彭涓"，就是打算约同他们一道避世事、求长生。

但诗人为什么又说只是"暂"，说身体只是"朽质"呢？因为人即使活几百岁，生命也终归是有限的，肉身终归要化为腐朽。而诗人最终的理想则是"问无生"，"无生"是无生无灭的省称，是永恒，是超脱生死的境界。这是佛教的理想，所以诗人就用了佛教人物"宗远"作为例子，表示要向他们请教"无生"的法门。这一联是对偶句，上文的"彭涓"是两个人，下文的"宗远"也应该是两个人。其中的"远"，指东晋高僧慧远。慧远幼年好学，博综六经，尤善老庄。年二十一，师从道安，精般若性空之学。晋孝武帝太元六年（381）入庐山，结庐讲学。又建白莲社，倡净土法门，卜居三十余年，足不出山，后人尊为净土宗初祖。但"宗"究竟指何人，就存在争议。比较多的学者说是宗炳。宗炳是东晋、刘宋时期人，曾入白莲社，跟从慧远学佛。他性爱山水，是著名画家，其《画山水序》是古代画论的名篇，因此在后世的声名更大些。另外，也有学者认为"宗"是指雷次宗，他生活的时代与宗炳接近，也曾跟从慧远学习，儒佛兼修。

应该说，两种解释都讲得通。据南朝梁僧慧皎《高僧传》记载："彭城刘遗民，豫章雷次宗，雁门周续之，新蔡毕颖之，南阳宗炳、张莱民、张季硕等，并弃世遗荣，依远游止。"《高僧传》是记述了慧远生平的重要早期文献，在作者慧皎点名强调曾依从慧远游处的代表人物中，雷次宗、宗炳都在列。这就令后人难断此诗究指何人了。只能怪李煜，为了对偶强行拉上一个人物作为"慧远"的陪衬，"宗远"又不是一个熟语，用典生僻，造成歧见。幸好这对理解全诗的主旨影响不大，二"宗"都是崇尚佛教，李煜在此是表明自己要追求比长生久寿更进一层的超脱生死。诗的最后一联也直接说明了题旨：不能再求虚名，为红尘俗事而劳苦不息。

李煜入宋后被软禁于城中，而此诗题于"山舍"，自然应该是他还在南唐享有自由时的作品。有的学者，依据诗中的出世之意，认为此诗作于李煜即位之前，反映他避祸自保，如"李煜在叔父李景遂与太子李弘冀争位时避祸之作"（张玖青编著《李煜全集》）、"多少有一些剖白的意味与申辩的气愤，是否与弘冀任太子之事有联系呢"（蒋方编选《李璟李煜集》）。也有的学者解读为"写作时间当在李煜即位后期，经历了亡子亡妻之痛后，他有些心灰意冷，幽居山野以消烦解忧"（王晓枫解评《李煜集》）。两说都是依托诗意的猜测，都没有确证，只能留待后人再做定论了。

送邓王二十弟从益牧宣城

且维轻舸更迟迟 ①，别酒重倾惜解携 ②。

浩浪侵愁光荡漾，乱山凝恨色高低。

君驰桧楫情何极^③，我凭阑干日向西。

咫尺烟江几多地^④，不须怀抱重凄凄。

【注释】

① 维：系，这里指拴住使船不开。轻舸：轻快的船。迟迟：徐行貌。

② 解携：分手，离别。

③ 桧楫：桧木做的船桨。《诗经·卫风·竹竿》："淇水滺滺，桧楫松舟。"这里借指舟船。

④ 咫尺：周制八寸为咫，十寸为尺，谓接近或刚满一尺。这里用以强调距离不远。

【评析】

本诗是李煜送别弟弟邓王李从益的作品。李从益是南唐中主李璟的第八子，李煜此诗之所以却称他为"邓王二十弟"，当是在堂兄弟中排行二十，古人经常借这样较大的数字来夸耀家族繁盛。不过在《全唐文》的相关记载中，则称李从益为"邓王二十六弟"，究竟是"二十"还是"二十六"，不知孰是。

《全唐诗》在此诗题下注云："后主自为诗序以送之，其略云：'秋山滴翠，暮壑澄空，爱公此行，畅乎遐览。'"这段注文源自马令《南唐书》，该书对此次饯别有着清楚的记载："邓王从益，元宗第八子也，警敏有文。初封舒公，进王邓。开宝初，出镇宣州，后主率近臣饯绮霞阁，自为诗序以送之。其略云：'秋山滴翠，暮壑澄空，爱公此行，畅乎遐览。'其诗有'咫尺烟江几多地，不须怀抱重凄凄'之句。君臣赓赋，可为盛事。徐铉诗云：'禁里花光似水清，林烟池影共离情。暂移黄阁只三载，却望紫垣都数程。满坐清风天子送，随车甘雨郡人迎。绮霞阁上诗题在，从此还应有颂声。'最为警策。"开宝初年，因为弟弟李从益要离开京城，出外镇守南唐重镇宣城，李煜带领亲近的大臣在绮霞阁设宴送别，并且写了诗歌、序文赠别。

诗即本诗，诗前原先还有一篇洋洋洒洒的序文："秋山的翠，秋江澄空。扬帆迅征，不远千里。之子于迈，我劳如何。夫树德无穷，太上之宏规也；立言不朽，君子之常道也。今子藉父兄之资，享钟鼎之贵。吴姬赵璧，岂吉人之攸宝，矧子皆有之矣；哀泪甘言，实妇女之常调，又我所不取也。临歧赠别，其唯言乎。在原之心，于是而见。噫！俗无犷顺，爱之则归怀；吏无贞污，化之可彼此。刑唯政本，不可以不穷不亲；政乃民中，不可以不清不正。执至公而御下，则憸佞自除；察薰莸之禀心，则妍媸何惑。武惟时习，知五材之难忘；学以润身，虽三余而忍舍。无醶觞而败度，无荒乐以荡神。此言勉从，庶几寡悔。苟行之而愿益，则有先王之明谟，具在于缃帙也。呜呼！老兄盛年壮思，犹言不成文；况岁晚心衰，则词岂迨意。方今凉秋八月，鸣根长川，爱君此行，高兴可尽。况彼敬亭溪山，畅乎遐览，正此时也。"（《全唐文·送邓王二十六弟牧宣城序》）李煜在序文中侧重对李从益出任地方要职的劝勉，大量的篇幅都在嘱托从政为官之道；只是到了最后才略略点染宣城的美景风物，大概是在暗示弟弟这也是一份美差，并不是只有为政的辛苦。

可以看到，序文更多的是李煜站在南唐君主选贤任能、治国理政的立场上来写的；而这首诗歌则更多的是从一位兄长的立场出发，侧重抒写兄弟惜别之情，恰好和序文互为有机的补充。诗的开头就是一种直接亲切的口吻，直呼要弟弟姑且停船慢点走，再喝一场饯别酒吧。颔联的浪涛与山色，都染上了离别的色彩与愁绪，属于借景抒情的手法。颈联两句，分别从行舟之上的李从益与岸边怅望直到太阳落山的自己两方面落笔，写依依惜别之情。此联用了"桧楫"一词来代指李从益所乘坐的离舟。其实"桧楫"和下句的"阑干"并不是一个好的对偶，之所以在通常使用严对的颈联勉强选取此意象，是太想借典故来让全诗的题旨更加清晰和具体化。"桧楫"出自《诗经·卫风·竹竿》："籊籊竹竿，以钓于淇。岂不尔思，远莫致之。泉源在左，淇水在右。女子有行，远兄弟父母。淇水在右，泉源在左。巧笑之瑳，佩玉之傩。淇水滺滺，桧楫松舟。驾言出游，以写我忧。"《竹竿》本来是写女子出嫁离乡的作品，而李煜看重的则是其中的"远兄弟父母"一句。李煜想用此"桧楫"，来提示读者这是一次亲人之间的离别，切合"送邓王二十弟"的主题，而不是泛泛的离别。本诗的前三联虽然写得充满依依不舍的深情，但让李从益去宣城的命令毕竟是国君李煜下的，尽管李煜也惜别，但并不是真的不让李从益离去。所以到了尾联，李煜又转换口吻劝慰李从益，说此去宣城其实也没有多远，不必凄凄介怀，希望他能安心踏上征程完成使命，这又暗暗回应了《送邓王二十六弟牧宣城序》中的敦敦告诫。

渡中江望石城泣下

江南江北旧家乡，三十年来梦一场。
吴苑宫闱今冷落，广陵台殿已荒凉。
云笼远岫愁千片^①，雨打归舟泪万行。
兄弟四人三百口，不堪闲坐细思量。

【注释】

①远岫：远处的峰峦。

【评析】

本诗是李煜在国都被攻破后，由宋军押送前往北宋时的作品。马令《南唐书》记载了李煜等人被俘后，宋朝大将曹彬派人押送他们登船前往北方的情况："煜举族冒雨乘舟，百司官属仅千艘。煜渡中江，望石城泣下，自赋诗云：'江南江北旧家乡……'"马令此说大概采录自北宋龙衮的《江南野史》："后主与二弟、太子而下登舟赴阙，百司官属仅千艘，将发，号泣之声溢于水陆。既行，后主于舟中时泣数行下，因命笔自赋诗云：'江南江北旧家乡……'"石城即石头城，又名石首城，故址在今江苏省南京市清凉山。本楚金陵城，汉建安十七年（212）孙权重筑改名。城负山面江，南临秦淮河口，当交通要冲，六朝时为建康军事重镇。虽然石头城在唐代以后就渐渐废弃了，但作为一张历史名片，它经常成为今天南京一带的代称。南唐的都城就在今南京，李煜望石城是在遥望其故都。当他作为俘虏踏上行舟时，知道这很可能是一次没有返程的永诀，因而心情沉痛地写下了本诗。

首联与李煜词"四十年来家国，三千里地山河"（《破阵子》）相似，是对遥望故国的整体回眸。南唐盛时，其疆土主要在今天江苏、安徽、江西、福建、湖南等地。其中苏、皖、赣的大部分地区，是南唐烈祖李昪立国时就拥有的核心区域，正是分布于长江两岸。因此当李煜在南京附近的江面登船北行时，才会有"江南江北旧家乡"的感慨。颔联泛写故国的楼台宫殿，也与"凤阁龙楼连霄汉，玉树琼枝作烟萝。几曾识干戈"（《破阵子》）类似。颈联和尾联则由虚入实，描绘了作者在江面上见到的光景。马令说李煜"举族冒雨乘舟"，他携带着家属亲眷们，在风雨飘摇中凄凉北去。

这首作品的著作权很早就有争议。依照马令、龙衮之说，这是李煜渡江北去时所写。《全唐诗》虽然也因此把本诗归在李煜的名下，但在诗题下却另有小注："《江表志》作吴让皇杨溥诗，题作《泰州永宁宫》。"南唐开国之君李昪原来是五代十国时期吴国的重臣，他依靠发动政变夺取了吴国的政权，而吴国的末代君主杨溥则被李昪尊为"高尚思玄弘古让皇帝"，这就是所谓的"吴让皇"。其实他只是被强行夺走了皇位，并不是什么真正的"让"。李昪把失去皇位的杨溥安排到泰州去居住，而宋郑文宝《江表志》载："让皇居泰州永宁宫，尝赋诗云：'江南江北旧家乡……'"这就是本诗作者为杨溥的说法。

明代胡震亨《唐音统签》也曾收录这首诗，题为《渡江赋》，诗后专门有注文驳斥杨溥说："宋师破金陵，煜出降赴汴，举族冒雨乘舟，渡江中流，望石城泣下，赋诗。烈祖五子，第二子景迁无后，诗云兄弟四人，谓元宗本支及景遂、景达、景逿也。诗载马令《南唐书》及《江南野录》，并云煜作。有谓杨氏子孙幽闭泰州作者，误。"胡震亨认为"兄弟四人"指李煜的父辈四人，而"三百口"则是概括整个南唐王室家族亲眷的人数。

夏承焘先生在《唐宋词人年谱·南唐二主年谱》中对此有细致的辨析："案《江南余载》下及郑文宝《江表志》，以此诗为吴让王杨溥在泰州作。《五国故事》上亦云让王渡江时作。查路振《九国志》及《十国春秋》三，吴让王溥为太祖杨行密第四子，烈祖渥为伯，高祖鸿演为仲。《五国故事》上谓行密四子。正与兄弟四人句合。吴都江都，故诗云广陵台殿。后主兄弟入宋时尚有六人，见《宋史世家》。四库《江表志》提要，亦谓'郑文宝，亲事后主，所闻当得其真。'此是杨溥诗无疑。马书以属后主，从野史而误也。马书七宗室景迁传，谓兄弟四人指元宗、景遂、景达、景逿，尤误。景遂等后主叔也。"夏先生把作者定为杨溥，从诗意上来说，契合点更多，确实是更合适的，尤其是对"兄弟四人"的解释，相对来说没有那么牵强。

但杨溥说也不是完美无瑕，有学者就提出："杨溥所居泰州在长江北岸，并不临江，若无南唐君主的允许，他是不能随意行动的，更不要说去到都城金陵。因此，杨溥也就不存在过江的问题。那么，诗中所言'江南江北'的即景生情，'雨打归舟'的过江之行，'三百口'的乘船规模，都无法解释。"（蒋方编选《李璟李煜集》）

归根结底，因为李煜和杨溥的生活情境经历多有相似之处，他们都曾是吴地之主，都有亡国之恨，都有受人羁押看管之悲戚。所以，此诗虽然以看作杨溥之作为优，但也不能完全否定是李煜作的可能，可两存之。

病中书事

病身坚固道情深 ①，宴坐清香思自任 ②。
月照静居唯捣药，门扃幽院只来禽 ③。
庸医懒听词何取，小婢将行力未禁 ④。
赖问空门知气味 ⑤，不然烦恼万涂侵 ⑥。

【注释】

① 坚固：坚定。道情：修道者超凡脱俗的情操，这里指佛教信仰。

② 宴坐：闲坐，安坐，佛教指坐禅。自任：自信。

③ 扃：关门，上闩。

④ 将：扶持，扶助。禁：禁受，受得住。

⑤ 赖：依靠，仗恃。空门：泛指佛法。大乘以观空为入门，故称。气味：比喻意趣或情调。

⑥ 烦恼：佛教语。谓迷惑不觉。包括贪、嗔、痴等根本烦恼以及随烦恼。能扰乱身心，引生诸苦，为轮回之因。

【评析】

本诗是李煜病中抒怀的作品。李煜的诗写到自己病况的地方不少，虽然大多数时候都是在倾吐疾病之苦，但这首诗却不同，更多的是在陈说自己的病中之悟。

诗歌首联就点出悟道的主旨，多病之身让李煜更坚定了佛教信仰。佛教有四谛：苦、集、灭、道，是由认识到世间之苦开始，最终领悟佛教之道。病痛之苦，正是触动李煜的诱因。他在禅坐之中了悟佛法，使自己不为外物所动，"思自任"正是"道情深"的表现。

中间两联都是紧紧扣住首联之意而展开来写的具体情状。诗人的居处环境幽静避世，月光下照，静居的地方只有捣药之声。古人传说月亮中有白兔捣仙药，这个人们熟悉的典故被李煜化用，打通了仙与凡，此岸与彼岸，世外的月宫与诗人的静居之间的界限。捣药声本是不大的，而李煜却说"唯捣药"，正是"蝉噪林逾静，鸟鸣山更幽"的反衬写法，以此来写足静居之"静"。下句的"幽院只来禽"也是同样的手法，只有禽鸟来访，反过来显示出没有俗人打扰，并不是负面的对门可罗雀的批评。有的学者把"来禽"解释为一种水果。"来禽：即沙果。也称花红、林檎、文林果。或谓此果味甘，果林能招众禽，故名。"（张玖青编著《李煜全集》）这与上下文的意思不够连贯，与上句的"捣药"也形不成好的对偶，恐怕不是很恰当。

颔联已经写了病中所见之物，颈联则转而写所接触的人。首先是庸医。李煜已经懒得听庸医那没有价值的话了，懒听是因为医庸，说医庸又婉转暗示了自己的病久治不愈。其次是婢女。正因为久病体弱，才会需要婢女扶持着自己行走，这又是上下文之间的映带联系。

久病不愈，医生的话也不想听，那么听谁的呢？诗人顺势在尾联给出回应：问空门。能够和诗人的志趣合得来的，就只有空门佛理了。

末尾的"气味"回应着开头的"道情"，开头的"思自任"正是为了下决心屏除末句的种种"烦恼"。全诗呈现一种总—分—总的章法结构，首尾呼应，环环相扣。